竜宮城と七夕さま

浅田次郎

集英社文庫

竜宮城と七夕さま

目　次

竜宮城と七夕さま

唸る男

私が子供の時分、東京の住宅の多くには風呂がなかった。過密都市だから一軒の建坪が小さく、防火上も好もしくなかったせいであろう。家に風呂がある、というのは一種のステータスであった。

　私の家はそのステータスを持つには持っていたのだが、家族と同居人がしめて十二、三人もいたから、銭湯に通う日のほうが多かった。風呂を沸かしてもなかなか順番が回ってこないので、銭湯に行ってしまうのである。

　当時は戦前の全体主義が色濃く残っていた。大人たちは他人の子供でも遠慮なく叱りつけたし、子供らから見れば大人はみな脅威であった。そうした全体主義の遺憾なく発揮される場所が銭湯で、私たちはそこで大切な社会性を身につけたと言ってもよい。

　倫理に従う、というだけの社会性ではなかった。知らない大人に叱られて腹が立ったら、その背中から忍び寄り、股間を握って逃げるなどという意趣返しも、銭湯で身につけた社会性のうちであった。

倫理道徳の基本も躾《しつ》けられたけれど、全体主義における反骨精神や復讐心《ふくしゅうしん》まで、銭湯は育んでくれたのである。

かつての学生運動や組合活動はそうした銭湯世代に支えられており、家庭用の風呂の世代になると、それらもたちまち衰退したのではあるまいか。

銭湯は大人を観察する場所でもあった。老いも若きも、貧富貴賤《ひんぷきせん》も、そこでは等しく裸一貫である。

子供の耳にも入ってくる町の噂《うわさ》が、脱衣場の戸を開けて番台に湯銭を上げたとたん、消えてなくなった。

日ごろごくつぶしのように言われている飲んだくれが、何だかものすごく立派な人に見えたり、仕切り屋の町会長がひどく貧相な老人に見えたりした。肉体の美醜や貫禄や、挙措の垢抜《あかぬ》け方や子供のあしらいなどに、暖簾《のれん》の向こう側とはまるでちがう男の価値観を発見したものであった。

しかし、私にはひとつの疑問があった。価値観などはさておき、大人の男たちはみな、熱い湯舟に浸《つ》かったとたん「おー」だの「うー」だのと唸《うな》り声を上げるのである。

唸る子供はいない。若者たちもさほど唸らない。年齢とともに唸り始めて、ご隠居の齢《とし》になると、洗濯板のような胸板のどこからそんな声が出るのだと疑うくらい、法悦の呻《うめ》き声を上げるのである。

そう、「法悦」である。子供のころにはむろん知らない言葉だが、ただの「気持ちがいい」ではなかった。

ちなみに、「法悦」を辞書（『広辞苑』）で引くとこうである。

①仏法を聴き、または味わって起こる、この上ない喜び。
②恍惚《こうこつ》とするような歓喜の状態。エクスタシー。

なるほど。たしかに子供の耳が捉えた大人たちの唸り声は、そうしたものであった。つまり銭湯の湯舟で仏法が説かれるはずもなく、この熱いばかりの湯にエクスタシーを感ずる大人たちの気が知れなかったから、子供にとっては大いなる謎だったのである。

長じてからも私は銭湯に通い続けた。

風呂付きのアパートに住むようになっても、浴室は物置きであった。習慣もしくは習性とでも言うほかはない。

そのうち近所の銭湯がなくなってしまって、まさか洗面器を持って電車に乗りたくはないから、やむなく家の風呂を使うようになった。

そんなある晩ふと、「あー」というてめえの唸り声に気付いたのである。

俺も大人になったんだな、と思った。ぼちぼち叱られる側から叱るほうに回らなけりゃな。叛逆《はんぎゃく》も復讐もたいがいにしよう、と。

人間、声を上げるときは多少なりとも物を考える。しかし、熱い湯舟に浸かった瞬間の法悦の呻きは、脳味噌などてんで関係のない肉体の声なのである。したがって、「あー」の瞬間には廉恥の感情すらもない。

かくして、加齢とともにやっぱり、法悦の声は大きく無遠慮になった。

このごろではありがたいことに、スーパー銭湯やら健康ランドやらがあちこちにできて、私のならわしも事実上の復活を見た。最も近いところは徒歩圏にあり、車で十五分以内の範囲に五軒ばかりもある。それらのほとんどが天然温泉付きであるから、風呂好きの私にとってはワンダーランドと言ってよい。同じ思いの銭湯世代が朝から詰めかけて、「あー」だの「うー」だのと唸っている。

そして、暖簾を潜《くぐ》れば世界が変わるというのも昔と同様で、私の面は割れず、割れたところで人々はいっこう意に介さない。まことにワンダーランドである。

ところでこのごろ、妙なことに気付いた。

十代二十代の若者の半数ぐらいが、入浴に際してタオルを持たぬのである。フリースタイルで堂々と、浴室を闊歩《かっぽ》している。

まったく理解できぬ。銭湯の時代には、よほど自信のあるやつが、これ見よがしに前を隠さぬ、という図はたしかにあったが、タオルや手拭は必ず手に持っていた。

諸外国のスパや公衆浴場では、タオルを持つという習慣がない。それがグローバルスタンダードだと言われれば返す言葉もないが、やはり日本人の廉恥の精神が廃れたと見るべきであろう。

「あー」と法悦の唸り声を上げているときに、折あしく目の前を若者たちの開陳が通り過ぎると、何だか情けない気分になって、声も「あーあ」とすぼんでしまう。実に不快である。

ならば昔のジジイのように、「コラッ」と叱りつけて廉恥の精神を説いてやろうかと思わぬでもないが、あいにく私の中の全体主義もすっかり廃れてしまっているので、とうていそんな勇気はない。

さらにおかしなことには、フリースタイルで入浴している彼らが、なぜかみなバスタオルは用意している。のみならずたいていは、女性もかくやは、と思えるほどの洗顔石鹸《せっけん》やらお肌のお手入れグッズやらを、たくさん持っているのである。

銭湯文化の復活は喜ばしいことであるけれども、世間の常識はずいぶん様変わりして、なおかつ社会性を育む場所ではなくなってしまったらしい。

もしかしたら、フリースタイルの若者たちは、齢を食っても「あー」だの「うー」だ

のと唸らぬのかもしれぬ。あるいは、唸り続ける私を、かたわらの若者は心ひそかに、
恥知らずのジジイめ、と考えているのかもしれぬ。

水を飲む

常用している薬箱の蓋には、「水分補給」と書かれた黄色い付箋が貼り付けられている。

漢字四文字はインパクトが強い。朝夕の食後に必ず開くその蓋に警句が大書してあれば、少なくとも一日に二度は顧みる。

五十代のなかばに狭心症を患って以来、「水分補給」はけっしておろそかにできぬ私の誓詞となった。コレステロール値を下げること、血圧を正常に維持すること、そして水分をマメに摂《と》って血液をサラサラにしておくこと、これらが再発を防止する要諦である。簡単なようではあるけれど、大好物のタマゴを遠ざけ、塩分を控えてまずいものを食い、水を日に一升飲めというのは、いざ励行するとなるとあんがい難しい。

私が子供の時分、タマゴは高級な食材であり、かつ滋養の塊であるとされていた。家庭に冷蔵庫の行き渡っていなかった当時は、おかずといえば塩蔵品が主流であった。なおかつ衛生上の配慮から、「生水は飲むな」と教えられていた。そうした環境で育った私たちに、タマゴと塩と水についての医学的な指導は、頭が理解しても体がなかなか納得しない。

今は懐かし昭和三十九年の東京オリンピックの前後であったと思う。山手線車内に、通称「水おじさん」と呼ばれるふしぎな人物が出没した。

年齢は五十歳代であったろうか、でっぷりと肥えた、当時の感覚で言うならいかにも健康そうな人物であった。

季節を問わずショートパンツ一枚の半裸で、「水を飲もう」というような主張を書いた片襷《かただすき》をかけており、みごとな禿頭に白鉢巻を巻いていた。所持品はアルミの水筒とドンブリ、そして水の効能をあれこれ書き並べた旗を立てていた。

その姿だけでも車中の人は驚愕《きょうがく》する。しかし「水おじさん」は少しも怖《お》じず憚《はばか》らず、大声で水のもたらす健康を力説したあと、ドンブリになみなみと注いで一気に飲み干し、「お騒がせいたしました」と言って下車するのである。

私は何度もその勇姿を目撃している。電車が比較的すいている下校時であったと思う。だにしてもそれだけばんたび出くわしたということは、おそらく彼は精力的に毎日、山手線で説法を続けていたのであろう。

むろん個人的な利益などあるはずはない。なにしろあまねく国民に、「水を飲め」と勧めているだけなのである。ただひたすら、みずからの信念を説き続けているだけであった。

いったいあの人はどこの誰であったのかと、半世紀後の今も折にふれては思い出す。

当時は一般的に、肉体運動には水分が不可欠だとはされていなかった。むしろ、「水を飲むと疲れる」という迷信があって、体育の授業やクラブ活動の練習中に水分を摂ることは禁じられていた。

だから東京オリンピックのマラソン中継で水を補給しながら走るランナーを見たときは、まこと意外な気がした。中学や高校のマラソン大会でも、途中で水を飲むなどもってのほか、飲めばたちまち横ッ腹が痛くなって落伍《らくご》すると信じられていたのである。

初めて異論を耳にしたのは、昭和四十六年の春、自衛隊に入隊したときであった。東京オリンピックから七年後の話である。

わずか半年間の新隊員教育期間中に、ほぼ均一の体力を獲得させようというのだから訓練は苛酷である。しかも四月入隊の私たちは、炎天下を走り回らねばならなかった。

ところが、教官によって指導が異なったのである。ある上官は高校のクラブ活動と同様に、水は飲むなと命じた。私たちもみな、それは当然だと考えていた。しかし中には、その常識を真っ向から否定する教官がいた。水分を欠いてはならん、水はたっぷり飲め、と言うのである。

この相反する命令は議論にもなった。発汗とともに塩分が失われれば疲れるだろう、という保守的な意見もあり、いや失われた水分は補給しなければダメだ、と主張する革新派もいた。昭和四十年代なかばとなれば、医学上の常識は確立していたはずなのだが、つまりそれくらい国民は、今日のように知識を共有してはいなかったのである。


ずっと後年になって、外国製のミネラルウォーターが市場に出現したときには、何とまあ贅沢《ぜいたく》な話であろうと呆《あき》れた。蛇口をひねれば出てくる水を、わざわざ金を払って買うなど冗談としか思えなかった。

飲み較《くら》べてみたところでべつだんうまいとも思えず、たとえ出自がどうであれ、ボトル詰めにされて日数を経た水よりも、水道の水のほうが新鮮にちがいないと考えていた。

しかし今にして思えばどうやらそうした偏見は、私が東京の西部に住まい、多摩川水系の水道水を使っていたからであろう。同じ東京でも、東部の荒川水系の水には臭みがあり、その水道水を常用している人々はミネラルウォーターのおいしさを当初から感じたらしい。

さらに時を経て、頻繁に海外旅行に出かけるようになってから、ようやくミネラルウォーターの存在理由を知った。世界中の多くの国では、水道水のうまいまずいなど論外で、そもそも飲用には適さぬのである。ホテルの洗面所にミネラルウォーターのボトルが置いてある場合は、歯磨きにも水道水は使うな、という意味なのである。

そうとは知らずにいくどか水に中《あた》ってから、私はやっとミネラルウォーターの価値を認め、同時においしくて清らかな水に恵まれた祖国のありがたさを思い知った。

このごろでは全国各地の銘水が妍《けん》を競い、あれこれ飲み較べるうちに私もいっぱしの通になった。輸入品から始まった天然水ブームだが、やはりその気になれば水大国のレベルは断然である。

もしかしたら将来、日本産のミネラルウォーターが、世界の市場を席巻する日がくるのではあるまいか。

中学の下校途中に、渋谷駅のホームであの「水おじさん」を見かけたことがある。いかにもこれから説法に立つという感じで、水飲み場の飲料水をアルミの水筒に詰めていた。

ミネラルウォーターも浄水器もない時代の話である。半裸の肩にかけた襷や手にした旗には、「不老長寿」だの「万病に効く」だの「健康の源」だのと、あれこれ書いてあったように思う。

いったいあの人は、どこの誰だったのだろう。そしていったい誰のために何のために、肉体を晒《さら》し声を嗄《か》らして訴えていたのだろう。

日本中が東京オリンピックに沸き返り、飽食と繁栄の未来へとせり上がってゆく中で、その人はただひとり母なる国の水のありがたさを、説いていたような気がしてならない。

砂漠への帰還

小説家というものぐさな仕事に、「海外出張」があろうなど、デビュー前には予想だにしていなかった。

そもそも小説家を志した動機というのは、けっして文学に恋いこがれたのではなく、なるたけ動かず人と交わらず、ひたすら密室で読み書きをするという、そのものぐさかげんに憧れたものと思われる。

ところがあんがいなことに、いざ宿願のデビューを果たしてみると、これがなかなかものぐさには務まらなかった。要するに、読みたい以上に読まねばならず、書きたい以上に書かなければ、業界での生存が認められぬのであった。

で、生存本能に任せてせっせと原稿を書いているうちに、「海外出張」という思いがけない仕事が押し寄せたのである。

近世・近代の中国を舞台にしたシリーズを書いているので、現地での取材や資料収集に出向かねばならぬ。これはまあ、いくらものぐさでも仕方あるまい。しかしほぼ時を同じゅうして、海外での講演だの文学セミナーだの、交流事業だの紀行文の執筆だのと、思いもよらぬ仕事が重なったのはまこと意外であった。

以来ずっと、年に六回ないし七回の頻度である。こうなると当然、本業は圧迫されるので、寝る間も惜しんで原稿を書かねばならず、いきおい機中や渡航先のホテルが体を休める場所だという、すこぶる危険かつ奇妙なバランスが成り立ってしまう。むろん、プライベートの旅行など思いもつかぬ。

こうした海外出張は、なるべく隔月となるよう按配《あんばい》をしているのであるが、昨年は計画を誤った。五回の出張が後半に集中してしまったのである。

これはキツい。同様のスケジュールをこなす商社マンや外交官は生来働き者だが、小説家の本性はものぐさなのである。ましてや締切は従前のまま、毎月の一週間が暦から消え、さらにはジェットラグによって数日はボケる。

どうにか原稿を落とさずにすべての日程をおえ、西安における国際会議から帰国した十二月初め、敢然として奮い起《た》った。

よおし、ベガスへ行くぞ！

ラスベガスには若い時分から通い続けていたのであるが、実は六年もご無沙汰している。同好の読者にとっては、さぞ思いがけぬ話であろう。

足が遠くなった最大の理由は、さきに述べた通りであるが、同地に向かう直行便がどうしたわけか、各社一斉になくなってしまったというのも大きかった。

旅程は中国出張から中一週あけての、十二月十七日発、クリスマス帰国。まさしく奇跡の隙間であった。

さっそく現地の友人ジェイソン君に電話を入れると、「生きてたんですか！」という歓喜の声が上がった。どうやら現地の噂では、死んだと思われていたらしい。

おのれの人生を恢復《かいふく》するため、という理由は、はっきり言ってミエである。あいにくそうしたたいそうなことを考える頭はない。

ここだけの話であるが、溜《た》まりに溜まったマイレージを、一挙に消化するのはこのタイミングしかなかった。思えばそのマイレージだって、そもそもてめえの金で溜まったわけではない。しかし、だからこそこだわるというのは、オマケだの付録だのに執着して育った、グリコ世代の面目というべきであろう。

幸いなことに、私は多年にわたり某航空会社の機内誌にエッセイを書いている。だからと言って格別の恩典があるわけではないが、義理にからんだマイレージは一社に集中していた。

これを活用すれば、近ごろ導入された先進のファーストクラスが手に入る、という計算である。そのうえ、ちっとも自慢にはならぬが、多年の散財の結果として某ホテルのゴールドメンバーズに登録されている私は、スイートの宿泊料金がタダ、ついでにホテル内の飲食がすべてタダ。要するに、何から何まで全部タダ、という夢のようなプランであった。

　自分自身へのご褒美、というクサい言い方も、まあ中《あた》っている。ともかくこの一年、よく働いた。

　ロサンゼルスまでの十時間が、物足りなく思えるほど快適なフライトであった。特典航空券はまして快適である。たしかグリコを舐《な》めたくて買ったわけではなく、オマケが欲しくてグリコを買ったと記憶する。三つ子の魂は六十を過ぎても健在であった。

　しかし、ロス空港では思いがけぬアクシデントが待ち受けていた。

申請外の多額の軍資金が見つかったとか、近ごろ導入された電子渡航認証《ESTA》の取得を忘れたとか、そういう初歩的なミステイクではない。バスみたいにバンバン飛んでいるラスベガス行きの国内便が、どうしたわけか私の乗る便からストップしてしまったのである。

　トランジットには二時間の余裕をみていた。むろんその間にも、ベガス行きの便は定刻通りに飛んでいたのだが、まったく不運なことに私の乗る便に「二時間遅れ」と表示された。

様子がわからないので、ラウンジに戻るわけにもいかない。そして二時間後には、さらに遅延の表示が出た。

係員の説明によると、遅延の理由がふるっている。ラスベガスのマッカラン空港に時ならぬ雨が降ったのである。

同地はモハヴェ砂漠の真ッ只中に造られた人工都市であるから、いつだってカラカラに乾燥している。かつて数え切れぬほど訪れている私も、雨に降られた記憶はまったくない。その砂漠に雨が降ったらしく、日ごろ用意がなかったのか、滑走路が使用できなくなったというのである。

いったい、そんな話があるのかと思うのだが、係員は満面のアメリカンスマイルで、

「乾くまで待ってね」などと言った。

真偽を確かめるべくジェイソン君に電話をすると、どうやら空港の上にだけいやがらせのように雲がわだかまって、けっこうな雨を降らせたらしい。

とうとう待つこと七時間。はなからそうとわかっていれば、レンタカーを飛ばしても四時間のドライブで到着したはずであった。

なにしろ六年ぶりの戦列復帰であるから、気もそぞろである。しかし、ここで挫《くじ》けてはろくな結果になるまいと気を引き締め、いかにも老練なラスベガンのごとく、巨大な

ハンバーガーを二度も食った。

いつも感心することだが、こうした発着の遅れがあったとき、アメリカ人はけっして文句を言わない。日本ならば一騒動になるところだろうが、まったく運命に順《したが》うように粛々とフライトを待つ。それぞれ事情はあるだろうに、空路を足とする国民の見識である。

夜更けのマッカラン空港では、ジェイソン君と鯨みたいなストレッチ・リムジンが出迎えてくれた。実に六年ぶり、いや感覚としては六年と七時間ぶりの生還である。

むろん、結果がろくでもなかったことについては、あえて書くまでもあるまい。

煩悩を去る

かつて本稿にしばしば寄せていた「ダイエット」というテーマについて、近ごろとんと触れていないことに気付いた。

そう言ゃァそうだなと、肯《うなず》いておいでの読者もさぞ多かろう。連載開始より十有余年、既刊本三巻のうち、およそ一割ぐらいはダイエットに関する悩みであったように思う。

そう。悩みが解消したのである。

ただし、ダイエットに成功したという意味ではない。あるときふと、まるで雷に打たれでもしたように、悟りを開いたのである。

（汝《なんじ》はなにゆえ痩せんと欲するか。デブは美しく、デブはたくましい。ただちにダイエットの煩悩を去れ）

というような天の声を、ありありと聴いたのであった。

その日、私は北京に向かうため朝早く家を出た。羽田発午前九時十分の便は、たびたび利用する。北京着が現地時刻十二時二十分なので、到着した当日も有効に使えるからである。

ちなみに、小説家としての名誉のために言っておくと、私の最多渡航先はまさかラスベガスではない。取材のために通い続けている北京が断然である。

さて、渡航先がどこであろうと、何時の便であろうと、出発前の儀式は欠かさない。梅干し入りの塩握りを三つ食べる。味噌汁の具材は定めて豆腐とワカメである。握り飯のひとつは崇敬する武蔵御嶽《むさしみたけ》神社の御神位に奉って旅の安全を祈願し、ひとつは仏壇に上げて線香を立て、父母の魂魄《こんぱく》とともに旅立つことを誓う。思えば生前、孝行の真似《まね》事《ごと》すらもしなかった。

しかるのち、三つの握り飯を平らげる。べつに縁起を担いでいるわけではなく、いわば合戦前の力飯である。あるいは、世界中のどこにあっても日本人の矜持《きょうじ》を忘れぬために、味噌汁と握り飯を腹に収めて出発する。

定刻二時間前には空港に到着。三個の握り飯は未消化であるから、腹は全然すいていないのであるが、このごろ空港ラウンジの充実ぶりには目を瞠《みは》るものがあり、ここで改めて朝食を摂る。

とりわけ、仕事上の義理でしばしば利用する航空会社のラウンジには、出色の味と言えるカレーライス、職人がその場で握る寿司、シコシコの讃岐《さぬき》うどん等の、要するにたいそうおいしいデンプン食をはじめとする豪華メニューが揃《そろ》っている。

二度目の朝食により、満腹となる。飛行機に乗らなくたって、中国ぐらいまでなら飛んで行けそうな気がする。

午前九時十分。めでたくフライト。当然のことながら、離陸後一時間で機内食が出る。この食習慣は国際便である限り万国共通である。腹はいっぱいであってもチケット代金のうちだと思えば、食わなきゃ損という気持ちがまさる。しかも、自宅、ラウンジ、機内、というふうに場面が転換しているから、それぞれの食事には連続性が感じられず、何となく完食してしまう。

ここまでですでに三食。考えてみれば、午前中に三食。血液はほとんど消化器に集中し、取材のための小難しい資料など読もうに読めず、たちまち眠りに落ちる。

北京までの飛行時間はわずか三時間である。しかし、やはり万国共通の国際便の慣習に則《のっと》り、着陸一時間前には軽食が出る。

さすがに「食わなきゃ損」だとは思えないのであるが、寝ぼけたままたしても完食。

現地時間とは一時間の差があるので、何と午前中に四食をすますという勘定になる。

だから北京空港に降り立ったときには、もう歩くのも億劫《おっくう》なくらいなのであるが、時刻はちょうど昼飯どきであり、腹具合とはうらはらに、頭は早くも中華料理を待望しているのである。

ふたたび場面も変わった。ここは中国である。おのれが何をしに来たのかと自問すれば、そりゃ風物を書き留めたり、学者さんに教えを請うたり、図書館で文献を調べたり、ということにちがいはないのだけれど、心ひそかに期するところは別にある。

たらふく中華が食いたい。

むろんその思いは、同行する編集者のみなさんもまったく同様であるからして、ホテルで荷を解くやいなや、誰が言い出すでもなく「とりあえず昼食」という話になる。

実に中華料理は魔物である。どれほど辺境に分け入っても「まずい」と感じたためしはただの一度もなく、しかも千変万化で飽くことがない。

かくして、本日五食目の昼ごはんは至極大衆的な市内の食堂へ。行き当たりばったりでそこいらの店に入っても、まずハズレはない。もっとも、あれほど夥《おびただ》しい数の食堂があるのだから、中国人の舌にはうまいまずいがあるのだろうけれど、われわれにはその分別がつかぬくらい、総じてレベルが高いのである。

青菜炒め。エビと豆腐の煮こみ。ホタテとイカの塩炒め。牛肉の黒豆炒め。タマゴとトマトのスープ。很好吃《ヘンハオチー》！

締めのチャーハンを食べおえたとき、天の声が聴こえたのである。

（汝はなにゆえ痩せんと欲するか。デブは美しく、デブはたくましい。ただちにダイエットの煩悩を去れ）と。

清末中国の事実上の支配者であった西太后《せいたいごう》は、毎食の膳に三百六十品目の料理を並べたという。

中国流の過大な数字かもしれぬが、辛亥《しんがい》革命後にも優待条件を与えられて紫禁城に住み続けた宣統帝溥儀《せんとうていふぎ》の時代の詳細な資料は残っており、その膨大な食材の量から推察するに、あながち大げさとも言えぬようである。

もちろん食べるどころか、並べ切ることもできぬから、巨大ないくつもの卓に料理皿を重ねていたらしい。そうしたエピソードは、亡国の奢侈《しゃし》として後世に伝えられた。しかし、清朝の宮廷生活をあれこれ調べているうちに、どうやらそうとばかりは言い切れぬと考えるようになった。

皇帝は祖宗の霊を招いて食膳をともにするのである。よってとうてい食べつくせるはずのない献立を並べて福恩を謝し、併せて豊作豊漁を祈念する、日に三度の儀式であった。

その証拠に、古写真に残る晩年の西太后はあんがいスマートであり、宣統帝に至っては年齢にかかわらずげっそりと痩せている。東洋医学の基本に則って、過度の運動は避けていたはずであるから、過食ではなかったと考えるべきであろう。

いや何よりも、祖先の労苦を偲《しの》びつつ食事をするというのは、歴史と文化に対する表敬として、人間が忘れてはならぬことであろう。

かにかくに思いを致さば、畢竟《ひっきょう》おのれの健康とみてくれを維持するためのダイエットなるものは、あさましい煩悩であると悟った次第である。

多少の負け惜しみ、あるいは屁理屈《へりくつ》の譏《そし》りは免れまいが。

ヒマ

小説家はヒマだと思われているらしい。

そりゃヒマな小説家も中にはいるだろうけれど、自他ともにそうと認める小説家は、ひとりもヒマではないと思う。

かく言う私も志を立てた時分には、「小説家はヒマ」だと信じていた。さほど怠け者ではないから、それが動機のすべてではないが、一部であったことはたしかである。

ところが、いざ本気で小説家をめざす段になるとこれが大変で、ヒマというヒマをことごとく読み書きに捧げねばならなくなった。

そうした苛酷な人生を辛抱できたのは、ひとえに「小説家はヒマ」だと信じ続けていたからである。

で、おそまきながら四十の声を聞くころにデビューを果たした。しかしいつまで経《た》ってもヒマにはならなかった。

そもそも小説家に資格証明書があるわけではなく、増上慢《ぞうじょうまん》になればたちまち蜘蛛《くも》の糸がプツリと切れて、元の血の池地獄に真ッ逆様であろうという強迫感も相俟《あいま》って、ある日ふと気付けば、二十年余の歳月が一炊の夢のごとく過ぎていた。

単行本は百冊を超えた。一年に五冊平均であるから、ヒマであったはずはない。なおかつ今日でも、五本の連載を抱えている。わかりやすい工程である。

筆が進まずそんなことを考えていたら死にたくなったので、いやそれは思い過ごしだ、ヒマはいくらでもあったはずだ、とポジティブに二十余年を顧みた。

するとたちまち、どうしようもないくらいヒマを持て余した経験が、具体的な記憶ではなしに抽象的なイメージとなって思いうかんだ。

ひどく寒くて、心細くて、でも貧しくはない。藁《わら》の匂い。オリーブオイル。ひたすらヒマ。

ええと、これ何だっけ。

記憶の検索をすること実に数日、私は二十余年の作家生活中、唯一ヒマを持て余した体験をようやく思い出した。

十年ほど前であったろうか、紀行文を書くためにオーストリアのチロル地方を旅した。

こうした仕事自体、他人が聞けばものすごくヒマそうに思えるであろうが、現実には締切のわずかな間隙を縫い、読まねばならぬ資料や、原稿用紙やゲラを大量に持ち歩きながらの旅なのである。

機中はもちろん、登山鉄道に乗りながらもせっせとゲラ校正を続けていた私を不憫《ふびん》に思ったらしく、同行の編集者が「チロルふうエステティック」なるものを予約してくれた。

中世の修道院を改装したというリゾートホテルの窓辺からは、アルプスの峰々が一望され、こういう場所で「チロルふうエステティック」を施されれば、さぞかし極楽であろうと心が浮き立った。

部屋でシャワーを浴び、バスローブを着て一階のエステルームにどうぞ。

季節は春先であったと思うが、高原の村は寒い。やみくもに広いホテルの中で迷子になっているうちに、体が冷え切ってしまった。

ようやく探し当てたエステルームは、なぜか家畜小屋であった。本物の羊だっていた。「それからのハイジ」みたいな民族衣裳《いしよう》を着たおばあさんが、理解不能のドイツ語で言うには、どうやら私は素ッ裸になってバスタブに入るらしい。

ところが、湯は張られていない。藁を敷いたバスタブが、羊のうろうろ歩き回る家畜小屋に置かれているだけなのである。

いったい何ごとだと思ったのだが、英語もからきし通じないし、仕方なく素ッ裸でバスタブに仰臥《ぎょうが》した。ハイジばあさんは私の上にごっそりと藁を盛り、バケツ一杯ぐらいのオリーブオイルをいいかげんにまいた。

それきりハイジばあさんは消えた。状況から想像するに、おそらくキリストの聖誕伝説にちなむ儀式なのであろう。チロルの家畜小屋をベツレヘムの厩《うまや》になぞらえ、飼葉桶ならぬバスタブで麦藁と聖なる油で身を浄《きよ》めたあとは、豪華なバスルームかサウナで温まり、夢のようなマッサージを受ける。なかなかの趣向である。

ところが、待てど暮らせどハイジばあさんは戻らなかった。

あろうことか私は、それから一時間、いやたぶん二時間ぐらい、すきま風のひょうひょうと吹き入る家畜小屋に放置されたのであった。

ものすごく寒かった。なおかつ息を詰めるほど臭かった。ほんの五分で、これは洒落《しゃれ》にならんと思い、十分後には怒りを覚えた。

人を呼ばなかったのは、ドイツ語で「オーイ！」を何と言うのかわからなかったからである。まさか「ヘルプ！」でもあるまい。また、異教徒の私がこれを拒否すれば、宗教的侮辱になりはすまいかと危惧した。なにしろ、中世の修道院を改装したホテルなのである。

そうこうしているうちに、あらふしぎ、体がぽかぽかと温まってきた。どうやら麦藁とオリーブオイルのもたらした効果であるらしいのだが、かと言って睡気《ねむけ》が兆すほどの適温というわけでもない。

おそろしくヒマであった。人間どんなにヒマでも、何らかのヒマつぶしはある。だが、そのときばかりはどうしようもなくヒマになった。

書物はない。音楽もない。短篇小説のひとつも考えようかと思ったが、あまりの非日常、あまりの異空間では頭もからきし働かないのである。

足元を動き回る羊の数を算《かぞ》えても、面白くなかった。思いついて屁をこいたのだが、やっぱりつまらなかった。ああ、これが夢にまで見たヒマというものなのか。

永遠とも思える一時間か二時間ののち、ハイジばあさんは何ごともなく現れて、妙な悟りを開いた私を麦藁の中から助け起こした。

「チロルふうエステティック」はそれだけであった。豪華なバスルームもサウナも、夢のようなマッサージもなかった。

おそらく敬虔《けいけん》なキリスト教徒にとっては、全身全霊を浄めるこのうえない美容法なのであろう。

いや、こうして思い出してみれば、あのふしぎなエステティックは、異教徒の私にもたしかな福音をもたらしたような気がする。

あれほど渇望した「ヒマ」というものの、いかに虚《むな》しく、いかに無意味であるかをあのとき知ったように思うのである。

人生の喜怒哀楽は記憶に刻まれるが、転機となるほどの重大な出来事は、あんがいこんなふうに忘れてしまうのかもしれない。

寿命の考察

皇居の御濠《おほり》には、目を疑うほどの巨鯉《きよごい》が棲《す》んでいる。場所が場所であるだけに気付く人もそうはおられまいが、御濠ッ端にほど近い神田界隈に育った私は、しばしば目撃している。

大きいものは一メートル超と思われる。黒々とした姿形は、明らかに鯉である。大人になってからも遭遇しているから、けっして少年時代の錯覚ではない。

餌を投げる無礼者もおるまいし、たぶん餌付けもされてはいないであろう。よって人間に媚《こ》びる様子はなく、手を叩《たた》いても反応しない。何だかものすごい貫禄である。

そこで過日ふと思い立ち、すこぶる数少ない理科系蔵書および、買ったはいいがてんで操作方法のわからぬ電子機器と格闘し、鯉の寿命について調べてみた。

魚類はあんがい長命であるらしいのだが、とりわけ鯉はどうかすると六十年や七十年、環境に恵まれれば百年の上も平気で生きるらしい。何でも岐阜県東白川村には、一九七七年まで七世代の家族に飼われた「花子」と称する老鯉がいたという。にわかには信じがたいが、享年二二六であったと伝わる。

ある程度のサイズに成長した鯉には、天敵がいないのであろう。ましてや皇居の御濠で釣り人を見かけたためしはなく、水質が汚染されるはずもない。つまり、このうえ望むべくもない環境に恵まれている御濠の鯉は、当たり前に百年の上を生きるのではないかと考えた。

一瞬、気が遠くなった。だとすると、桜田濠を今も悠然と泳いでいる巨鯉は、あの雪の日に井伊大老が暗殺された大事件の一部始終を、目撃していたかもしれないのだ。折しも、長い連載小説の大団円に苦慮していた。悲運の十四代将軍徳川家茂を、どのような角度から描けばよいのかと考えあぐねていたのである。そこで気を取り直し、「江戸城内の池泉に泳ぐ二百歳の老鯉」という視点を思いついた。

かくして作品はめでたく完結し、上梓《じょうし》されたあともたいそう好評であったので、いそいそとお礼に伺った。まさか参内《さんだい》したわけではない。大手の御濠をそぞろ歩き、江戸生まれにはちと足らぬが、日露戦争の凱旋式《がいせんしき》ぐらいは知っていそうな鯉に向かって手を合わせた。

たまたま通りすがった警察官に、「どうかなさいましたか」と訊《たず》ねられた。今にして思えば、職務質問にちがいなかった。説明はたいそう面倒であるし、口にしたところでいよいよ怪しまれると思ったから、笑ってごまかした。

ところで、その後のどうでもいい私的研究によると、動物の寿命は生物学的には成長期のおよそ五倍とされているらしい。つまり、人間の場合は二十五歳でほぼ成長を止めるから、計算上は一二五歳が生命の限界ということになる。

しかし、鯉はいまだに成長限度が不明で、環境に恵まれればどんどんデカくなるそうだ。だとすると、理論的には長命であるどころか、不老不死の生命体である。

やはり、皇居の御濠の底には、前述した二二六歳の花子よりもさらに齢かさの、とんでもない老鯉が棲んでいるような気がする。そうした年齢になれば泳ぐのも億劫であろうし、へたに姿を見せて世間を騒がせてはならぬ、という遠慮もあろうから、ひたすら四百年の温かな泥を褥《しとね》として、じっと物思っているにちがいない。

迫り来る締切を物ともせず、どうでもいい研究は続くのである。

「鶴は千年、亀は万年」とは言うけれど、鶴が長命であるという記述は見当たらぬ。しかし、一方の亀は最も長命な脊椎動物とされている。主としてインド洋に棲息するアルダブラゾウガメには、二五〇歳という飼育記録があり、そのほかの種類にも百歳超は珍しくないらしい。

全長二十メートルに達するというホッキョククジラも、その一部はカメ級の寿命を誇るそうであるから、個体の大小とは関係がないのであろう。

チョウザメも長生きで、良好な環境においては一二〇年も生きた例がある。キャビアを食うのは畏れ多い。

ウニは近年の調査により、二百歳の個体も存在すると判明。しかも、百歳を超えても生殖能力はなお盛んだそうだ。よし、ウニは食おう。

こうして列挙してゆくと、どうやら水の中に生きるやつらのほうが、総じて長命であるらしい。ならば、体脂肪だのコレステロールだのと些細《ささい》なことは考えず、毎日長湯に浸かって、暇さえあれば温泉に通っている私は、きっと一二〇年くらい生きると思う。

さて、それでは地球上のあらゆる動物の中で、最も長命は何かというと、現在の研究ではアイスランドガイと呼ばれる二枚貝である。

二〇〇六年にアイスランドで採取された個体は、分析の結果、推定年齢五〇七歳と判明し、誕生当時の中国王朝にあやかって、「明《ミン》」と名付けられた。

ミンがアイスランドの大陸棚で生まれたころ、レオナルド・ダ・ヴィンチは『モナ・リザ』を制作中であった。武田信玄も織田信長もまだ生まれてはおらず、戦国武将の同年配といえば、毛利元就である。

これくらい遥《はる》かな話になると、気が遠くなるどころか、かえって元気が出る。

それはさておき、さしあたっての問題は、私たちがミンのご同輩をそうとは知らず、クラムチャウダーにして食っちまっているのではないか、という懸念である。

そもそもアイスランドガイは食用に適しており、輸入海産物の多い昨今、任意に採取された五百歳超のそれが、あわれ具材となっていてもふしぎはない。はっきり言って、クラムチャウダーは好きだ。

ところで、モナ・リザや毛利元就と同世代のミンは、その後どうなったのかというと、かわいそうなことに船上で凍え死んでしまったらしい。五〇七歳という年齢はのちの分析結果でわかったのだから、二百個の標本を採取したイギリスの研究チームに責任はないが、調査船の甲板で凍ってゆくミンがそのとき何を考えたかと思うと、心が痛んだ。

皇居の御濠の鯉から始まった寿命の考察は、このあたりでやめておこうと思った。科学者ではない私は想像に耐え切れぬ。

だが、ひとつの結論は得た。人類が万物の霊長だと信ずることの愚かしさである。私たちは、さまざまな進化を遂げた生命体の、一個種にすぎない。

続・しろくま綺譚

宮崎大学での講演のあと、ふと思い立って鹿児島に行った。

規定の行動を「ふと思い立って」覆すのはよくあることで、それ自体が私の行動様式であるらしい。もっとも、これだから旅は楽しいのである。

そろそろ陽気もよくなったことだし、この際だから鹿児島に立ち寄って「しろくま」を食べよう、と思ったのであった。

まさか白熊の肉ではない。「しろくま」とは鹿児島名物の、フルーティーでミルキーなカキ氷のことである。かつて取材のために盛夏の鹿児島市を訪れたとき、このしろくまを食いそびれた。詳しい事情については、拙著『アイム・ファイン！』（集英社文庫）所収の「しろくま綺譚《きたん》」を参照していただきたい。また、本稿を多年にわたり愛読して下さっている方は、「何を今さら」と呆れるであろうけれど、このような執念深さというのが、小説家の本性なのである。あらゆる興味は一過性の好奇心であってはならず、恨みつらみはけっして忘れてはならず、食いそびれたものは五年後だって折あらば食い直すのである。

というわけで、私は隣県を訪れたのを幸い、しろくまを食うためだけに鹿児島まで足を延ばしたのであった。思えば五年前は、取材という不純な目的に阻まれてしろくまを食いそびれた。懸命に私の仕事を支えてくれる編集者の手前、また懇切ていねいに案内して下さった現地のみなさまに対し、「西郷どんの話はともかく、しろくまが食べたい」などとはどうしても言えなかった。

そのときの取材の成果である『一刀斎夢録』もとっくの昔に刊行され、文庫化もされている。しかし私はその間、食いそびれたしろくまをかたときも忘れなかった。ほとんど親の仇《かたき》と言ってもよいくらいであった。

恨みが忘られずに寝つけぬ夏の晩など、「しろくましろくま」と呟《つぶや》きながら近所のコンビニに向かい、カップやバーの疑似しろくまを嘗《な》めて気を鎮めたほどであった。そう、五年の星霜を臥薪嘗胆《がしんしょうたん》した末に、ついに積年の恨みを晴らすときがきたのである。しかも、取材ではなく同行の編集者もおらず、薩摩《さつま》に向かう目的はただひとつ親の仇、じゃなかった、しろくまを食うためなのだ！

列車で鹿児島に到着したのは陽《ひ》ざかりの午後であった。

いかに目的がはっきりしているとはいえ、まっしぐらにしろくまはあるまい。鹿児島中央駅に降り立った時点で、しろくまは百パーセントわが掌中にある。

そもそも旅には、時間だの予算だの同行者だの体調だの、さまざまな条件があって現地に到着するまでは油断がならない。だからこそ諸条件が整って「百パーセント確実」となったなら、その幸福をじっくりと嚙《か》みしめるべきである。もういつでも食えるのだから、あわてて急《せ》いてはならぬ。気は急くけれど、この痛痒《つうよう》感こそが幸福の極致なのである。五年も渇望したあげく、ことここに至って急ぐ理由がどこにあろうか。むしろこのむず痒《がゆ》さを、もう我慢がならぬというところまで高揚させ、堪能しようと私は考えた。まさしく還暦を過ぎた旅人でなければできぬ、セルフコントロールに基づく旅のテクニックというべきであろう。

仇は追い詰めた。めざすは本家しろくま、『天文館むじゃき』。電停から徒歩三分のアーケード街にある。営業時間は十一時から二十二時。

読者の多くは話の流れからいって、たまたま店休日の悲劇を予想したにちがいない。ハハッ、笑止である。私の小説はうんざりするくらい知れ切った結末で知られるが、エッセイに臆面もなくそんなオチをつけるものか。

ガイドブックによると、年中無休。それでも店内改装とか臨時休業という万にひとつの可能性まで考え、まずは天文館のアーケードを下見し、のみならず食べ歩き用「ハンディ白熊」を売っていた店員に、明日の営業を確認した。なにしろ五年ごしの仇であるから、ここで討ちもらすわけにはゆかぬ。究極の痛痒感。ほとんどマゾ。店内からは甘い芳香が漂い出ており、ドアの脇には「鹿児島名物・本家氷白熊」の看板を立てた巨大サンプルが鎮座していた。

ああ、ひと思いに食いたい。今ここで、バッサリと。だが、五年を経たのちのこの一日を大切にしなければ。

というわけで、その夜は桜島の雄姿を一望する『城山観光ホテル』に投宿。むろん五年前に涙を呑《の》んで仇を討ち逃した宿である。名湯に浸かってしこたま汗を流し、いよいよ明日のしろくまを渇望した。

明けて運命の一日。むろん十一時の開店と同時に『天文館むじゃき』に飛びこんだりはしなかった。まずは南洲《なんしゅう》墓地を詣で、尊敬する西郷隆盛公に文庫化の報告をする。それから、郊外にある沈壽官《ちんじゅかん》の窯元なんぞを訪ねてお買物。かくして、いよいよ天文館に討ち入り。と思いきや、しろくまはやっぱり食後のデザートが好もしかろうと考え、本家しろくまのすぐ近くにある、元祖黒しゃぶ黒豚料理『あぢもり』へ。

黒豚トンカツ。もちろんロース。ライス大盛り。うまい。めまいがするくらいうまい。

かくして平成二十五年三月二十日十三時三十分、薪に臥《ふ》し、肝を嘗め続けた思いの私はついに、ついに『本家氷白熊・天文館むじゃき』へと向かったのであった。

旅の感動を言葉で表現するのは難しい。それを百も承知で書くと、たいそうすこぶるチョーメッチャうまかった。

カキ氷でもフラッペでもない。これがしろくまである。いったいどんなカキ方をすれば氷の粒子がこんなに細かく、ふんわりとでき上がるのであろう。テンコ盛りのトロピカルフルーツとクラシックな自家製練乳の甘みが相俟って、そのおいしさたるや、私がしろくまを食べているのか、それとも私がしろくまに食われているのか、わからなくなるほどであった。

ペロリと平らげてしまったあと、ふとこの完璧な行動のエラーに気付いた。仇討ちには見届人が必要であった。そこで、周囲に面が割れていることも委細かまわず、二杯目を注文した。

記憶する限り、他人に写メなどというものを送るのは初めてである。操作方法を店員に教えてもらい、巨大なサイズがわかるよう工夫をこらして撮影。送付先はむろん、五年前に当地を訪れた編集者である。あんがいのことに返信がなかったのは、五年前の取材先での出来事など忘れてしまったか、さもなくば「写メを送るくらいなら原稿を送れ」という無言の抗議であろうか。

店内の説明書によると、このしろくまという傑作スイーツは昭和二十二年に考案されたらしい。ということは私より四つ齢上、人間ならば立派なジジイだが、名物としてはさほど長い歴史があるわけではない。二杯目を食いおえたとき、伝統は時日の経過ではなく、作り出されるものなのだと知った。

宗旨変え

読者のみなさまに、深くお詫《わ》びをせねばならない。

いや、まさか連載打切りなどという話ではないのでご安心を。宗旨変えである。これもまた、カルト教団に入信したわけではないからご安心を。もっとも、私は肉親の葬式を出すたびに宗旨まで変わるという不信心なので、今さら特定の神仏に帰依する懸念はない。祖父母の葬儀は浄土真宗、父は日蓮宗、母は真言宗であった。ちなみに母は神主の娘であるにもかかわらず、なぜか私をミッションスクールに通わせた。

では、いったい何の宗旨変えをしたかというと、愛車にはいっさいオプション装備を付けないという信念を曲げてつい先日、ETCなる文明の利器を購入してしまったのである。

お詫びまでしなければならぬ理由については、拙著『パリわずらい 江戸わずらい』(集英社文庫)所収の「文明の利器」を参照していただきたい。何なら立ち読みでもよい。

要するに私は、「民に利器多くして国家滋《ます》昏《ますくら》し」という老子の言を信奉して、一見便利と思える近ごろの機械を、ことごとく呪っているのである。

ことに、ETC装置の普及によって利益を得るのは、使用者本人よりも道路公団もしくは自治体であるから、金を払って機械を買うのはおかしいと力説し、むろん私自身もずっと高速道路の現金払いを続けてきた。物事の道理は、経済性や合理性にまさると信ずるがゆえである。

しかし、ついに屈服した。無念である。

宗旨変えをした理由は、現金払いがいよいよ困難になってきたからである。

ふつうはどのような消費行為においても、現金決済は優遇されてしかるべきなのだが、なぜか高速料金においては、ETC搭載車に割引特典がある。キャッシュよりツケのほうが安くなるなんて、そんな理屈がどこにある。

それでも私は、「利に走って理をたがえてはならぬ」とおのれに言い聞かせ、数年にわたって現金払いの列に車を並べていた。その間にもETCはどんどん普及し、いきおい現金払いのゲートが少なくなるので、私はますます冷遇されていった。

どうやらETCを付けていない車は、必ずしも私と志を同じゅうするわけではなく、ふだんあまり車に乗らない人々らしい。だから係員に道を訊ねたりなどして、長蛇の列はいよいよ渋滞するのである。

しかも、その現金払いのゲートすら、多くが係員のいない自動収納式となった。

まずいことに、私が綿棒を用いて洗車の仕上げをする二〇〇〇年式ディムラーは、セダンでありながらスポーツカーなみに車高が低い。つまり、運転席から自動収納機のコイン入れに手が届かぬ。無理をすれば肩を痛めるか脇が攣《つ》る。同型のディムラーを後生大事に乗り続けているドライバーは、みなさん肩を痛めるか脇が攣る年配であろう。

「雪は降る、あなたはこない」は青春の名曲だが、「脇は攣る、あなたはこない」では笑うに笑えぬ。

そこで、暗い夜更けの高速道路を利用するたび、いちいち車を降りて料金を支払うはめになった。

まあ、そこまではよしとしよう。利に走って理をたがえてはならぬ。

ところが、この春にいかんともしがたい事態が降って湧いた。

私は通常、中央高速道路の国立府中《くにたちふちゆう》インターから乗り、さらに首都高速道路の高井戸インターを通過する。それまでの料金は前者が六〇〇円、後者が九〇〇円であった。

たった三十キロを移動するために、つごう一五〇〇円というのは法外な料金だが、どこへ行くにも面ワレを怖れて電車に乗らないペナルティーだと思えば仕方あるまい。

その六〇〇円と九〇〇円がある日、六二〇円と九三〇円に値上げされたのである。わけがわからん。たぶん八パーセントの消費税（注・二〇一四年時点）に連動したのであろうが、だとするとあまりにもセコいではないか。

これによって、どのような現象が起こったかは容易に想像できよう。二つのインターはともに自動収納式ではなく、係員が料金を収受する。六二〇円と九三〇円というひどく半端な金額は、釣銭の授受に時間を要するのである。

よって、現金ゲートの車列はいっそう長くなった。だからと言って、ことの成り行き上、まさか「釣はいらねえ」とは言えぬ。そして車の中には、十円玉ばかりが溢《あふ》れてゆく。

たしかさほど遠くない昔、高速道路を無料化するという話があった。今にして思えば無理な公約であったし、政権が変われば立ち消えになっても仕方ないが、だにしても六二〇円と九三〇円というセコい値上げはあるまい。ＥＴＣの普及によって節約された膨大な人件費は、いったいどこに消えたのだ。

そこで私は、こう考えたのである。

このセコい値上げはＥＴＣという理不尽きわまる機械を、完全普及させるための陰謀であろう、と。

かにかくに、私は肩の痛みと手間と十円玉の重みに耐え切れず、愛車にETCを装着した。十四年の間、数度にわたるモデルチェンジにも聞く耳を持たず、メンテナンスばかりを請け負ってきたディーラーは、何となく嬉《うれ》しそうだった。純正はあんがい高いのである。くやしいので代金の一部は、十円玉で支払った。


私は老子の言に順《したが》い、利器を信用しない。

だからいつも、うら若き女性の声を装った電子合成音と言い争いになる。

「ETCカードが挿入されました♡」

「も少し適切な日本語を使いたまえ」

「有効期限は、二〇一九年、八月、です♡」

「生きてりゃいいな」

どうせなら話し相手になってくれればいいと思うのだが、そこまでの知恵はないとみえる。

「カードが残っています♡」

「忘れてるんじゃなくって、付けっ放しなんだよ」

しかし、いざ使ってみると便利である。そう思ってしまうおのれがくやしいけれど。

老子は言う。

「天下に忌諱《きき》多くして民 弥《いよいよ》貧し

民に利器多くして国家滋昏し」

それらは文明の宿命であるとしても、私たちは忌諱や利器のせいで喪《うしな》われたものについて、考え続けなければならないと思う。

たとえば、こうして原稿を書いている机上には、電子辞書という利器が置かれているのだが、一方ではかつてかけがえのない伴侶であった辞書のありがたさや、それらを買い与えてくれた人の情を、すでに忘れてしまっている。

老子の言の真意は、それではなかろうか。

続・宗旨変え

前章でふしぎなことをサラッと書いてしまった。

「祖父母の葬儀は浄土真宗、父は日蓮宗、母は真言宗であった」

という一文である。

ギャグではない。事実その通りだった。しかしこういうことをあまりにも簡単に書くと、無定見だの不信心だの、先祖をないがしろにしているなどとの非難を浴びそうな気がしたので、今回はこのミステリーの種明かしをしようと思う。

そもそも私の家は、「御一新の折にはひどい目をついた」という口伝《くでん》が残っているきりで、曽祖父以前の歴史はまったくわかっていない。たぶん明治維新の負け組なのだろうが、祖父母の代からは東京を漂流してしまったらしい。

だから、生家には仏壇がなかった。母は神官の娘であったから、嫁入りとともに勧《かん》請《じょう》された立派な神棚があったきりである。さらに、戦後の好景気で一旗揚げた父が、子供らを私立のミッションスクールに通わせたために、私の宗教観はまったくぐちゃぐちゃになってしまった。

やがて、私が小学校三年生のときに祖母が亡くなった。家としては初の葬式である。つまり弔いの方法は何だってよかったのだけれど、「自宅の近所」というものすごく安直な理由により、浄土真宗の寺の厄介になった。それから十年後の祖父の場合も同様である。ただしその間に、一家は離散の憂き目を見ていたので、葬儀も身内だけのささやかなものであったと記憶する。

私が四十を過ぎたころ、縁の薄かった父が亡くなった。父母はとっくに離別しており、喪主は後添えの人であったから、日蓮宗の葬儀は彼女の実家の宗旨であったのだろう。父は人生をリセットしたのである。

数年後には母が亡くなったのだが、このときは私が喪主であったから、さすがに考えた。彼女の数奇な人生を思えば、今さら実家の神道でもあるまいし、嫁ぎ先の浄土真宗もまずかろうし、むろん日蓮宗は避けねばなるまい。などと消去法を用いて熟慮した結果、やっぱり私の自宅から最も近いという安直な理由により、真言宗が選択されたのであった。

以上がミステリーの種明かしである。こうして来歴をたどってみれば、べつだん無定見だとも不信心だとも、先祖をないがしろにしているとも思えぬ。この際、最も安直な方法は、現世において縁を断った人々をむりやりひとつの墓に納めることであろうが、まさかそこまでの不孝はできまい。

さしあたって覚悟しなければならなかったのは、墓参が大忙しになることである。盆暮になると家族をひき連れて、あちこちに分散した墓参りツアーをしなければならぬ。庭を彩る彼岸花のくれないは憂鬱である。

このごろの人はずいぶん簡単に夫婦別れをするようだが、こうした子や孫の苦労を考えているのだろうか。喪われた家族であらばこそ、恩讐はさておき公平に香花を手向けねばならぬとするのが、人情なのである。

しばしば外国を旅しているうちに、ヨーロッパ全域を被《おお》うキリスト教普遍主義や、イスラム教のさらなる普遍性について、窮屈さを感じるようになった。

むろん、そうした歴史の上に築かれた文化はすばらしいと思う。しかし帰国したとたん、宗教的な縛《いまし》めを解かれた気がして、心がほっと和むのである。

日本には多くの宗教が混在し、選択は自由意志に任される。実生活において他者から信仰心を問われることもない。まさしく「八百万《やおよろず》の神」のいます国である。

長い歴史においても、特定の宗教や宗派が排斥されたり弾圧されたりした例はあるが、権力によって特定の宗教が強要され、普遍化された例を私は知らない。近代になって国家神道が推進されたときも、個人の信仰は保証されていた。

われわれはそうした自由の中で、多様性に富んだ、豊かな文化を育んできたのである。

学問が宗教上の理由から規制を受けることもなく、芸術はいつの時代にも、闊達《かったつ》な表現が可能であった。

そもそも古来の神道には窮屈な教義がない。のちに伝来した仏教も、神道の祭祀《さいし》権者たる天皇に遠慮してか、やはり普遍的な支配性を持たなかった。つまりどこの家にも神棚と仏壇が共存し、国民は神仏をともに敬する習慣を持っていたのである。

だからおそらく、私の家が三代にわたって宗旨変えをした顚末《てんまつ》についても、かような説明を加えればほとんどの読者の理解を得られるにちがいない。しかし、多くの外国人は納得できぬであろう。

私たち日本人には、神仏に加護されながらも神仏を択《えら》ぶことができるという、もったいないぐらい柔軟な伝統がある。

外国人の多くが日本人に感ずるという「クール」な印象は、つきつめればわれわれが宗教的な束縛から免れているからだと思われる。むろん、言うほうも言われるほうも、そうと気付くはずはないのだが。

わが家が三度目の宗旨変えをしたのち数年を経て、同居していた義母が亡くなった。父母とひとつ屋根の下で過ごしたのは十年足らずであったが、この義母とは三十年余りともに暮らし、苦労をかけてしまった。

病弱なわりには長寿を全うした大往生であったと思うのだが、さしあたっての問題が生じた。義母は浄土真宗でも日蓮宗でも真言宗でもない、別の仏教宗派に深く帰依していたのである。呆《ほう》けてからも朝夕の勤行《ごんぎょう》は欠かさず、知己の多くも信仰をともにする方々であった。

だが、どう考えてもそうした理由から、墓を分かつ気にはなれなかった。むろん盆暮の手間ではない。三十年もともに生きて、さあ死んだから別れましょうというほど、神仏が畏れ多いものだとは思えなかったのである。

生きている間に相談できるような話ではなかった。だから申しわけないけれど宗旨を変えて下さいと、死顔にお願いした。祖父母にも父母にも確たる信仰心はなかったから、この懇願には勇気が要った。

義母は母の眠る墓に入った。勝手に入れてしまったような気もするが、散歩がてらに立ち寄ることのできる近所の墓である。

思えば生者が死者に強いた、わが家における四度目の宗旨変えであった。しかし、誤りであったとは思わない。

神が人間を択ぶのではなく、人間が神を択ぶ日本人の作法には、人情にまさる信仰などあってはならないと信ずるからである。

布《ほ》袋《てい》考《こう》

この秋から始まる連載小説の取材のため、中国東北部を旅した。瀋陽《しんよう》からハルビン、チチハルまで足を延ばす、ディープな旧満洲の旅である。

一九二八年六月に起こった張作霖《ちようさくりん》爆殺事件の結果、遺《のこ》された長男の張学良《ちようがくりよう》と東北政権の幕僚たちは、思いもかけぬ運命をたどることになる。彼らひとりひとりの奇妙な人生を、一枚の布に織りこんでみようと思う。

その中に、馬占山《ばせんざん》という怪傑がいる。張作霖同様に馬賊の出身で、東北軍閥の一翼を担った軍人である。彼はその後、関東軍を敵として抗日戦を展開する。その戦法は神出鬼没で大いに関東軍を悩ませ、戦死を報じられるたびに必ず甦《よみがえ》って戦い続けた。ために日本国内の子供の間で、「馬占山ごっこ」という遊びが流行したほどであった。

彼が根城とした黒龍江省を訪れ、その足跡を追って気概に触れることが、取材の目的である。

ネタバレになりそうな固い話はさておくとして、このごろ中国には肥満が多くなった。時節がら国際問題になるとまずいのであらかじめ言っておくが、私もこのごろデブである。つまりデブがデブについて語るのであるから、他意は何もない。

かつて本稿にも書いたと思うが、高カロリーの食事を摂っているわりに、中国人には肥満が少ない。いや、少なかった、と思う。

それは過去二十年にわたり、年に一度や二度は必ず中国を訪れている私の、偽らざる実感であった。昨年は諸般の事情により、とんぼ返りで大連にお邪魔しただけであったから、実質的には久しぶりの中国である。出発に先立っては同行の編集者たちと、「みんな禁断症状が出ていると思うが、くれぐれも過食には気を付けよう」と誓い合った。もっとも、「中華料理は太らない」という持論のある私としては、なかばジョークであったのだが。

瀋陽の街を歩いていて、何となく中国人の体型が変わったと思った。初めは、飛躍的に向上したファッションセンスのせいだと思ったのであるが、やはりそればかりではない。肥満。それも若者たちの肥満が目立つ。

わかりやすいことに、真夏の中国には奇妙な習慣がある。青壮年の男性が富と健康の象徴たる布袋腹《ほていばら》をあえて誇張するため、シャツを腹の上までたくし上げて闊歩するのである。

数年前には私もその習慣を真似て四平街（現・中街）の目抜きを歩き、編集者たちからやれ国辱だのセクハラだのと、非難を浴びた覚えがあった。

だからこそわかりやすいのである。経済成長が富と健康をもたらしたと言えばそれまでだが、明らかに肥満体が多くなった。

考えられる原因は二つ。

まず第一には、食生活の国際化である。私たち日本人がかつてそうであったように、伝統的食生活が欧米化し、とりわけ肉とジャガイモというアメリカンファストフードに若者たちが依存するようになって、都市部を中心とした肥満爆発現象が起こったのではあるまいか。

第二の原因は、マイカーの急激な増加であろう。これは一目瞭然である。かつて中国の大都市の風物であった自転車の群れは、今やどこにも見当たらず、かわりに朝夕のラッシュアワーには片側六車線の道路すら身動きもとれぬほどの大渋滞となる。自転車がマイカーに変われば、カロリーオーバーは当たり前である。

以上二つの原因の複合により、「食べても太らない中国人」の神話は崩壊した。

というわけで、危機感をつのらせた一行は、比較的低カロリーの中華料理は何かと議論し、ここはアッサリとした涮羊肉《シユワンヤンロウ》しかあるまい、と意見の一致を見た。

東北名物、羊のシャブシャブである。近ごろの流行は、数十種類も並んだ香辛料を客がおのおの自由にブレンドし、「マイ・タレ」を作って食べる。ちなみにお勧めの「アサダ・ブレンド」は、ゴマダレをベースに葱《ねぎ》、ニラ、香菜、臭豆腐、唐辛子と山椒《さんしょう》をごってり。おかわり！

あんがいなことに、私のこれまでの中国北限はハルビンであった。今回は松花江を渡って、馬占山の根拠地であった海倫《ハイルン》へ、さらに足を延ばしてチチハルへと向かった。三百六十度の全視野に地平線が望まれる。しかも見渡す限り湖沼を抱いた湿原である。民家も人影も絶えてない。

持参した資料によれば、東京からチチハルまでのかつての旅程は、関釜航路も含めて三一〇五キロ、四日がかりの汽車旅であったらしい。

そのチチハルですら道路の渋滞は同じ、むろんフライドチキンもハンバーガーショップもある。北緯四十八度ともなると人々の背丈も高いから、肥えた彼らの住まうチチハルは、さながら巨人国であった。

アメリカの旅でもままある現象だが、デカい人々ばかりに囲まれていると、相対的比較によりおのれがとても華奢《きやしや》に感じられ、ダイエットなんてこれっぽっちも考えなくなるのである。

しかも中国は北に行けば行くほど、料理が脂っこくなる。なにしろ街なかの食料品店に、食用油の五リットルボトルが積んである。うっかりハマってしまった郷土料理「豚肉の油煮こみ」なんて、豚肉の香りのする油を、トクトクと飲んでいるようなものであった。しかもしかも、寒冷地の味付けは塩辛いので、当然のごとく炭水化物が進むのである。

たった五日間の旅ののち、私の体重はみごと自分史上最高を記録し、のみならず血圧までが、冗談にならぬ最高値となった。

おそるおそる交換したメールによると、同行者たちはみな帰宅するなり家族から、「アレ、太った?」と言われたそうである。一見してわかるのだから、尋常のデブ化ではない。

以来、布袋腹はいっこうにへこまず、今もTシャツをたくし上げて撫でながら、この原稿を書いている。

布袋様というのは言わずと知れた七福神のひとりで、富と健康の象徴である大きな腹を晒して笑っている。そもそも七福神は、民間信仰となる以前に、「竹林の七賢」のパロディーとして考え出されたのではあるまいか。庶民は七人の賢いやつらよりも、七人のめでたい神を待望したのであろう。

七柱の国籍は、恵比寿が日本由来、大黒天、毘沙門天、弁財天がインド由来、そして福禄寿、寿老人、布袋が中国由来と思われる。そうした底抜けにめでたい神様が、宝船に乗り合ってやってくる、などと考えた昔の人に較べれば、上は歴史領土問題から下はダイエットまで、人間はずいぶん退行したのだなあと、しみじみ思う。

ところで、布袋様は七福神の中で唯一、実在の人物である。中国唐末の禅僧であり、人々は彼を弥勒《みろく》の化身と信じて喜捨をしたという。

今さらありがたがられる布袋腹でもなし、やっぱりどうにかしなければ。

中華料理の歴史

いや、つい筆が滑って壮大なタイトルを付けてしまったが、まさか中華料理四千年の歴史を書こうというわけではない。

ラーメンやギョーザやヤキソバが国民食として定着し、食堂の何軒かに一軒はまちがいなく中華料理系である昨今、そうなった経緯を考えてみたのである。つまり、論文的に正確なタイトルを付ければ、「近代日本における中華料理の漸進的繁栄についての考察」ということになる。しかし、生まれつき勉強が大嫌いなので、そういうタイトルを書いただけでも吐き気がする。

とりあえず、穢《けが》れてしまった万年筆を取りかえる。

さて、私が子供のころの東京には、すでにどこの町にも当たり前のように中華料理店が存在した。昼食に出前を取るとなれば、日本ソバか中華ソバの二者択一であった。慎ましい時代の話であるから、出前そのものが贅沢で、注文するメニューも前者ならば

「モリ」か「カケ」、後者ならば「ラーメン」か「ワンタン」に限定されていた。昭和三十年代前半には、いずれも三十円程度であったと記憶する。

つまりその当時すでに、中華ソバは伝統の日本ソバと拮抗《きっこう》するくらい、外食産業の雄だったのである。幼心にも、中国という外国の食べ物が、どうしてこんなに身近なのだろうと疑問に思ったものであった。

ちなみに、洋食といえばデパートの大食堂でしか口に入らぬ、特別なごちそうだと思っていた。

日本における中華料理の嚆矢《こうし》は、むろん長崎の出島であろうが、それを除けば安政六（一八五九）年に開港され、外国人居留地が構成された横浜であろうかと思う。つまり現在の横浜中華街の原型であるが、当時は事実上の租界であるから日本人がそうそう出入りできたわけでもあるまい。

中華料理が東京の街なかに進出したのは、明治二十八（一八九五）年の日清戦争終結後ではあるまいか。思いもよらぬ敗戦の原因が日本の近代化にあると知った清国は、多くの留学生を派遣した。とりわけ、日本の明治維新を範とした一八九八年の戊戌《ぼじゅつ》の変法、すなわち光緒帝による急激な近代化政策により、さらに多くの留学生が送りこまれた。その総数は最盛期で三万人にも達したと言われる。

中国人の住むところ、必ず中華料理がなくてはならない。そこで大学の周辺に、彼らの腹を満たすための中華料理店が続々と開業した。第一次中華料理ブーム、と言えよう。今日でも本郷や早稲田や三田、わけても大学が集中していた神田神保町界隈に中華料理店が多いのは、このブームの名ごりであろう。廉価で高カロリーの中華料理は、日本人の学生たちにも大好評を博したはずである。

私の幼いころの記憶によると、神田の三省堂本店から斜めに入る「すずらん通り」には、中華料理店が軒をつらねていて、小さな中華街の趣があった。今も健在である老舗には、のちの中国を牽引《けんいん》した偉人たちの揮毫《きごう》が飾られている。若き日を日本で過ごした人々の筆である。

やがて日露戦争に勝利した日本は、南満洲鉄道の経営権を得て、中国東北部に進出する。移民政策が実施され、満洲国が成立すると、大陸との往還は盛んになった。

台湾と朝鮮半島は「国内旅行」だが、満洲への旅は「海外旅行」である。

手元の資料によると、東京駅を午後三時の寝台特急で出発し、下関で関釜連絡船に乗り継ぎ、釜山から京城、平壌を経て奉天には三日目の夕刻に到着する。

もうひとつのモデルコースは、門司《もじ》から大連に船便で入り、四日目の午後に奉天着。満鉄の特急『あじあ』号を利用するので、所要時間はかかるが大人気であったらしい。

こうして一般の旅行者が往還するようになった結果、中華料理は日本人の食生活に深く根付いていった。第二次中華料理ブームの到来である。

昭和十二（一九三七）年の盧溝橋事件によって、日本と中国は全面戦争に突入するのだが、日本国内の中華料理店が排斥されたという話は聞かない。うまいものはうまいのである。

しかし、戦前期の地図を精査すると、やはり現在に較べれば、市中の中華料理店はずっと少ない。ということは、私が物心つく前に第三次ブームがあったのではないかと考えた。

あくまで推測ではあるが、戦後になって旧満洲や中国の占領地域から苦心惨憺《さんたん》の末に帰国した人々が、このブームを作ったのではないかと思う。だからこそ、都市部ばかりではなく全国の津々浦々にまで、「家常菜《かじようさい》」ふうの、あるいは相当に日本的なアレンジをされた、いわゆる「町の中華屋さん」が、くまなく伝播《でんぱ》したのではあるまいか。

そして、やはり廉価で高カロリーの中華料理は、食料事情の悪かった時代の国民生活を支えた。この第三次中華料理ブームは、今日の食生活に直結する、決定的な出来事であったと思われる。やがて、このブームの主役であった「ラーメン」と「ギョーザ」は、実に日本的な研鑽《けんさん》の末に、独自のブームを形成することになる。

中国の主食材を地域的に分類すると、北が粉食、南が米食である。戦後の引揚者は旧満洲と華北からが圧倒的であったろうから、やはり「ラーメン」と「ギョーザ」なのであろう。一方、米食の「チャーハン」は、前二品に較べて調理にさほど手間がかからないにもかかわらず、独自の進化を遂げたとは言いがたい。そもそもが旧満洲や華北の料理の、主役ではなかったからであろう。

あるいは、第三次ブームの生成期には日本国内に米が不足していたせいかもしれぬ。

こうして「ラーメン」と「ギョーザ」は、めざましい進化を遂げた。今や中国にも、「日式拉麺」の専門店が繁盛しているほどである。すっかり馴致《じゅんち》されてしまった私など、この二品があれば一生それでもかまわない、とすら思う。

ところで、このように中華料理の近代における編年史をたどってみると、近ごろ第四次ブームが到来しているように思える。

店舗の数が増えた。しかも、安くてうまい。どのようなジャンルにかかわらず、食堂に類するものは伝統が物を言うから、先発有利後発不利が大原則なのであるが、近ごろ開店した大衆的な中華料理店は例外と言える。

これも推測の域を出ないのだが、たぶん本場の中国から名うての調理人が大挙来日しているのではあるまいか。なるほど、そうした店の味はおしなべて、第三次ブームの日本的な味覚とは一線を画しているように思える。実に中国的な家常菜である。

中国は近くて遠い国だと言われるけれど、加齢とともに食い意地ばかりが張ってきた昨今、私にとってはいよいよ近い国になってきた。

涼しかったあのころ

暑い！

と、天に向かって怒鳴ったところで、本稿が読者の目に触れるのはずっと先であろう。

暑い！

しかるに働き者の私は、本日七月十日にこの原稿を書いている。多少の歳時記のズレはお許し願いたい。

そもそも連載開始より十余年、きまって九月号か十月号に、この種の愚痴をこぼしているように思う。要するに私はそれくらい、暑さに弱いのである。

職業がら、朝晩の通勤を免れているのはありがたい。しかし日がな一日エアコンの効いた書斎で仕事をしているのかというと、これがあんがいそうでもないのである。打ち合わせだの資料調べだの、取材だの義理事だのと、毎日のように外出しなければならぬ。何べん言ったたって涼しくなるわけではないが、もういちど。

暑い！

ニュース記事によると、東京都心の最高気温は四日連続して三十五度を超したらしい。なるほど、叫びたくもなるはずだ。体力および思考力の低下は加齢のせいではなく、きっと観測史上初、もしくは稀《まれ》に見る暑さのせいにちがいないと思い直し、そのウラを取るため書庫にこもった。

周知の通り、私はパソコンが使えない。スマホもタブレットも持っていない。食うものも食わずに蓄えた蔵書が、きのうきょう出現した機械に劣るはずはないと信じている。たとえば、これだ。

昭和元年から六十四年までの主な出来事と全国各地の天候、午前九時と午後三時の気温を一日の洩《も》れもなく全十九巻にまとめた書物がある。これのおかげで、「昭和」を舞台にした小説を書く際、リアルな記述が可能となる。

仮に昭和二十年八月十五日について調べれば、全国的に曇りのち晴、大阪は三十四度の猛暑だったが、札幌は午後に雨が降り、二十一度の秋日であった。

さて、その記載によると、少なくとも「昭和」という時代の中で、東京の最高気温、すなわち同日午後三時の気温が四日続けて三十五度に達した日はない。平成になってからは記憶に頼るしかないが、そうそうなかったと思う。ただし、改元がともに冬であったから、昭和元年と昭和六十四年には「夏」がない。

昭和二（一九二七）年。金融恐慌の年。地下鉄開通の年。亡き母の生まれた年。

この年の東京の最高気温が三十五度を超えた日は、七月二十三日の一日だけである。翌二十四日は久しぶりの雨だったが、芥川龍之介がその朝に自殺したのは、前日の暑さがこたえたのかもしれぬ。ちなみに、八月の平均最高気温は三〇・一二度と算出された。

昭和二十（一九四五）年。終戦の年。とても暑い夏のイメージがある。しかしあんがいのことに、この夏東京の最高気温が三十五度を超えた日は一日もない。八月の平均最高気温は三〇・二九度。

続けてまったくアトランダムに、昭和三十五（一九六〇）年。個人的には、父の事業が破綻し、一家離散の憂き目を見た年であるから、何だかものすごく暑い夏であったような気がする。世間は六〇年安保で大騒ぎであった。しかし、三十五度を超えた日はやはりない。むしろ雨の多い夏で、平均最高気温は二九・三八度にとどまっている。

昭和三十九（一九六四）年。東京オリンピック。光化学スモッグと建築ラッシュと中学入学で、グチャグチャの夏。たしかに気温は高めで、八月の平均最高気温三一・〇六度。だが、三十五度超はない。

昭和四十二（一九六七）年。高度経済成長真ッ只中。前年の交通事故死者数、何と一万三九〇四人。さすがにこの夏は三十五度超が二日、平均最高気温も三一・四二度。

と、まあこのように数字をまとめてゆくと、昭和の初めから三十五、六年ぐらいまではほとんど気温の変化がなく、東京オリンピック開催の数年前から急激に上がり始めて今日に至る、ということになりそうである。ただし、東京の最高気温が三十五度を超えた日というのは、六十二回の夏のうちでも数えるほどしかなく、それが七月中に数日間も連続したのだから、今年の暑さは尋常ではない。

昭和三十九年の東京オリンピックが、日本経済のいわばエポックメーキングであったのはたしかだが、同時に私たちの住まう自然環境の転換点であったことは、あまり論じられていない。

ところで、私が子供の時分にはエアコンを備えている家などなかった。第一、「エアコン」という言葉すらなかった。「冷房」もしくは「ルームクーラー」である。

その冷房装置といえば、デパートと喫茶店とパチンコ店の専有物で、場末の映画館などは壁掛式の扇風機が回っていた。

では、技術的な問題なのかというと、同じ昭和でもずっと以前に、たとえば旧南満洲鉄道の特急『あじあ』号は、全車輌が密閉式の空調完備であったし、戦艦『大和』にだって立派な冷房設備が付いていたのである。つまり、そうした事実と、さきに挙げた私のデータを綜合すれば、「昔はそれほど暑くなかった」という結論が正しいのだろう。

なるほど、八月の平均最高気温がせいぜい三十度かそれ未満、しかも突出した真夏日がほとんどないとなれば、かつての東京は今の札幌ぐらいのものであろうから、冷房は必要不可欠な設備というより、むしろ「サービス」と考えられていたのではあるまいか。

こんな風景が思いうかぶ。

蒸し暑い晩の食後のひととき、家の前に縁台を出して涼んだ。どこの家にもテレビなどはないから、将棋を指したり花火を楽しんだり、路地はたいそう賑《にぎ》わった。家族は交代で銭湯に行き、そうこうするうちに一杯機嫌の父が帰ってきた。アイスキャンデーやラムネを自転車に積んで、物売りもやってきた。

そうした夏の夜を体験した私からすると、エアコンの効いたマンションの中で、暑さ知らずに過ごす今の子供らが、幸福であるとは思えない。私たちは家族や家族以外の大人との自由な交流を通じて、さまざまの生きたドラマ――愛憎や貧困や戦争の記憶や、その他もろもろの、けっして画一的に供与されるわけではないドラマを見聞し、想像をたくましくしたものであった。

しかしほどなく、繁栄とともに夏の夜は暑くなり、団欒《だんらん》の場は縁台ではなくテレビとなり、家庭用のルームクーラーが出現すると、路地に人影はなくなった。もちろんそののちは、エアコンのさらなる普及によって、家庭の中でも同じ現象がくり返された。

そうした半世紀の経緯を顧みれば、その間の生活の変遷がはたして進歩と言えるのかどうか、わからなくなる。

ただいま原稿を書き上げ、「暑い！」と叫んで書斎を出れば、暑気に中《あた》った家人の声が返ってきた。

「あたしのせいじゃないわよ」

その通り。誰のせいでもないから腹立たしく、誰のせいでもないから怖いのである。

GOOD LUCK!

ホームドクターから「重病」を告知された。

自覚症状はない。いや正しくは、多少の自覚はあるのだけれど、病気だという認識がないのである。

ここまでのわずか数行で、拙著の愛読者や担当編集者や、その他利害を共有するみなさんはさぞ心配しておられるであろうから、叙述をあんまり引っ張らず、早目に言っておく。

精神科のホームドクターが下した判定は、「いわゆるギャンブル依存症」である。私はこれを病気とは考えていないので、あえて「いわゆる」を冠しておく。

さらに、「重病」という言い方はいささか大げさではあるが、告知をした医師は私の法定相続人でもあるので、なるほど個人的には「重病」ということになろう。

はっきり言って、バクチは好きだ。子供の時分のオイチョカブやチンチロリンに始まり、高校生のころには早くも、パチンコ、麻雀、競馬に打ちこんでいた。「打ちこむ」

という表現はふつうこういうふうには使うまいが、実にリアルである。

大学受験に際しては、徹夜明けの雀荘から試験会場に向かった。その夜は独り勝ちであったので受験も楽勝と思っていたが、一時間目の英文読解の途中でぐっすりと寝てしまった。

同工異曲のエピソードは枚挙に暇《いとま》なく、作家デビューが予定より大幅に遅れたのも、主たる原因はこれであろうと思われる。

その後はさほど作家的成長をせずに、ひたすらハイローラー化し、ついには世界中のカジノや競馬場を巡って諸国の外貨導入に貢献した。

しかし、反省は毛ばかりもない。ギャンブル癖そのものよりも、そうした反省の欠如が「重篤」な症状であるらしいが、バクチ打ちの世界ではこれを「筋金入り」と呼ぶのである。

たしかに、はたから見れば病的であろう。だが、やはりそれを病気とするのは、ギャンブルをやらぬ人の客観的判断であろうと思う。そもそも自分が病的だなどと考えるギャンブラーは、行為そのものに背徳心を抱いているわけであるから、べつにカウンセリングなど受けなくたっていずれ足を洗う。そうした一過性の「病人」は、これまで山のように見てきた。

実はいつの時代にも、大多数はこの「仮性ギャンブラー」なのである。彼らはごく一部の「真性ギャンブラー」と、固定した興行主に有り金を巻き上げられ、やがて去って行く。その間のダメージは、本人の性格や環境や資金力に応じてまちまちなので、程度によっては社会的弊害がないわけではないが、これは自己責任の範囲、バクチ用語で言う「身から出たサビ」とするべきであろう。このあたりの判断は、自由主義国家の面目にかかわるところである。

さて、重要な法案審議の陰でいっこうに進まないが、たぶん実現するであろう日本のカジノ解禁について私見を述べる。

まさか反対はしない。しかし大いに危惧している。まず第一に、タイミングの問題である。カジノの最大の価値は恒久的な観光資源となりうるところにあるのだから、来たるべき東京オリンピック・パラリンピックの前に開業したい。大規模な事業というのは、何だって最初の勢いが大切である。

メインスタジアムのプランは白紙に戻り、この先はいよいよ工期の問題が切迫する。ところがカジノは、これから法案の審議に入る。おそらく国会議員を含む大方の人は、観光資源となりうるカジノの規模を、イメージできていないのではあるまいか。今や国際的に通用するカジノを造るためには、メインスタジアムを建設するのと同程度の投資が必要であり、しかも広大な土地の買収と、経営についてのソフトを整備しなければならぬ。オリンピックのメインスタジアムはともかく、こっちはすでに手遅れであろう。

唯一可能な方法といえば、沖縄の基地問題を強引に解決し、普天間の跡地にカジノを建設して、なおかつ経営は海外資本に丸投げすることであろうが、さていかがなものか。現今の状況を見るに、政治的には多難に過ぎようし、道義的にも許される話ではあるまい。ましてや同地以外に建設をすれば、ゆくゆくは不必要にもかかわらず乱立した原発のごとく、日本中がカジノだらけになるであろう。

さらに第二の危惧。

わが国において、カジノの経営がそもそも成り立つであろうか。

今日までカジノが導入されなかった最大の理由は、「間に合っていた」からである。実は日本が世界に冠たるギャンブル天国だという事実に、国民はあまり気付いていない。主要先進国におけるカジノ以外の公営ギャンブルといえば、競馬か宝クジぐらいのものであろう。しかし日本ではこれらに加えて、競艇、競輪、オートレース等があり、隙間を埋めるようにたくさんのパチンコ・パチスロ店が存在する。

日本中央競馬会の年間売上げだけでも、約二兆五千億。バブル期の六割にまで落ちこんだとはいえ、ぶっちぎりの世界一である。ちなみにアメリカ合衆国は日本の十倍以上のレース数を誇るが、売上げは六割ほどにとどまる。

そのほかの公営競技の売上げは、競艇が約九千五百億、競輪が約六千億、地方競馬が約三千五百億、オートレースが約七百億。ここまでしめて約四兆四千七百億。宝クジの約九千億を加えて約五兆三千七百億となる。さらには、カジノと最も競合すると思えるパチンコ・パチスロの年間売上げは、二十兆円規模と言われている。

つまり、世界一の競馬事業と各種レース事業、これらにパチンコ・パチスロという実質的な既存カジノを持つわが国は、世界に類を見ぬギャンブル大国であり、このうえカジノを必要とする人が、そういるとは思えぬのである。

だとすると、売上げは外国人観光客に頼らざるを得ず、またそれは目的に適《かな》う方法ではあるのだけれど、マカオをはじめとする近隣諸国に対抗するだけの魅力ある総合リゾートを建設するためには、飛行場から宿泊設備に至るまで、ありとあらゆる再構築が必要となり、想像しただけでもムリ、という気がする。

まあ、法案が通って予算がつけば、何だってできぬことはないのだろうが、カジノ建設それ自体が相当リスキーなギャンブルであることはまちがいない。

そうこう考えれば、「いわゆるギャンブル依存症」なる個人的な問題が、カジノ法案の争点になるのはおかしい。やはりこれは、ギャンブルをやらぬ人の客観的判断によって、本来は個人の責任に属することを社会の責任だと錯誤しているのではなかろうか。

以上、あくまで私論ではあるが、少なくとも私は多年にわたってギャンブルを楽しみ、賭博場で人生を学んできた。

この原稿を書きおえれば晴れて夏休みである。ではこれより、ラスベガスへと飛ぶ。

GOOD　LUCK!

ハンパ者

若い時分から、しばしば「ハンパ者」と呼ばれてきた。

まあ、学問をそっちのけで小説ばかり読んでいたり、会社が引ければ居酒屋にも寄らずに、さっさと家に帰って原稿を書いていたのだから仕方あるまい。

それはそれとしても、いまだに自分がどういうタイプの作家なのか、よくわからん。本人がわからんのだから、読者はさぞ戸惑っていることであろう。短篇なのか長篇なのか、悲劇なのか喜劇なのか、中国なのか江戸時代なのか、戦争なのか極道なのか。早い話がハンパ者なのである。

かくして六十三歳。まさかこのさき作風が変わるはずもないから、一生をハンパ者でおえるのかと思うと暗い気分になる。

いや、もしかしたら六十三歳という年齢そのものが、今日の長寿社会においてはハンパなのかもしれぬ。人生が短かった昔は「四十不惑」であったのだが、六十を過ぎてもまだ先が長いと思えば、誰だってあれやこれやと惑い続けるであろう。ましてや私の職業には、幸か不幸か定年という規約がないので、体力が衰えようが脳が萎縮しようが、新たなる創造をめざさねばならぬ。つまり、よりいっそうハンパになってゆくのである。

そぼ降る雨は秋を兆しているのだが、ひどく湿気のこもる、暑いんだか涼しいんだかよくわからぬ、ハンパな午下《ひる》がりのことであった。

原稿の締切と各種の支払いが同時に訪れる月末は忙しい。職業は小説家だが本性が商人《あきんど》なので、家人にも秘書にも銭金は触らせぬ。月末の銀行通いは、あだやおろそかにせぬ私の務めである。

納税だの給料だのカイバ代だの、その他けっこう繁雑な処理をおえて銀行から出たところ、駐車場に高齢者マークを貼った乗用車が止まっており、私を見かけるやドライバーが語りかけてきた。

「ちょいとご面倒をおかけしますが、自転車をどけて下さいませんか。年寄りなもので」

それを言うなら、俺だって年寄りだと思いもしたが、こっちはまだ高齢者マークをリアウインドーに貼る齢ではない。また、力仕事を頼まれるくらい若く見られた、というのも少し嬉しかった。

「はいはい、ちょっと待ってて下さいね」

などと敬老の精神を発揮して、私は雨に濡れるのも厭《いと》わず、駐車場に放置されていた何台もの自転車を片付けた。

善行である。しかし心外なことに、物を言いつけた見知らぬ老人は、まるでそうすることが私の義務であるかのように、礼の一言もなく車を降りて歩み去ってしまった。そしてさらに心外なことには、その足どりたるやどう見ても私より軽やかであった。

それはまあよい。面壁《めんぺき》久しい小説家の足よりも、近在の農家のご隠居のほうがたくましいのは当然であろう。

生来、縦のものが横になっていても気に食わぬ性分の私は、月末の混雑時にもかかわらずあちこちに放置されている自転車を、せっせと整頓し続けた。

はた迷惑のわりには、どの自転車にも鍵がかかっている。わけてもきょうび流行の、幼児用座席の付いた電動自転車は重い。ましてや面壁久しく足が退化しているのと同様、久しくペンと箸しか持たぬ手は膂力《りょりょく》を欠いている。

かくして孤軍奮闘、ついにハンドルを取り落として、せっかく並べた数台を将棋倒しにしたその刹那、自転車の持ち主と思《おぼ》しき女性に叱りつけられた。

「勝手なことしないで下さい。まったく、もう！」

勝手なこととはどういう言いぐさだ。だいたいからして、銀行が混雑する月末に、はた迷惑も考えず自転車を駐車スペースに放置するとは自分勝手も甚だしい。君も人の親なら、も少し公序良俗を弁《わきま》えたまえ。

――と言いたいが、言うわけもない。このごろなぜか、若い者の主張に反論する闘志を欠き、さりとて説教を垂れるのもジジくさいと考えて、おのれを抑制してしまう。

「いや、ちょっと手が滑ってしまって」

と、私は何だかものすごくハンパな弁明をした。自転車を整頓しようとしたのはたしかに善行なのだが、倒してしまったのは私の責任だと考えたからである。

「ったくもう。買ったばっかりなのにィ」

そんなに大切なものならば、はなから置くべき場所に置きたまえ、と言いたいが言うはずはない。彼女は齢のころなら三十なかば、育児に忙しいわが娘と同じ境遇にあるのかと思えば、不埒《ふらち》な言動をたしなめる気にはなれぬ。きっとこれから、雨の中に自転車を漕いで買物をし、夕食の下ごしらえもあわただしく、幼稚園だか保育園だかに子供を迎えに行くのであろう。

悄然《しょうぜん》とそのうしろ姿を見送りながら、ふと気付いた。あの無礼な口ぶりからすると、私はお節介な老人だと思われたのではあるまいか。

齢上からはまだ若いとされ、齢下からは老人扱いされる、いやはや何ともハンパな年齢である。

孔子は紀元前四七九年に、七十三歳で没した。なにしろ紀元前の話であるから、たいそうな長寿である。

『論語』為政篇《いせい》に曰《いわ》く、「われ十有五にして学を志し、三十にして立ち、四十にして惑わず、五十にして天命を知り、六十にして耳順《みみしたが》い、七十にして心の欲するところに従えども、矩《のり》を踰《こ》えず」と。

七十歳までを語っているのだから、晩年に至っての感慨ということになる。

「耳順《じじゅん》」というのは、「他人の意見を素直に聞く」というほどの意味である。なるほど、雨の一日の出来事を思い返せば、それがいいことか悪いことかはともかくとして、私は「耳順」であった。

ほどなく七十歳の「従心」、すなわち心のままにふるまっても道を踏みはずすことがなくなる、かどうかはわからぬけれど、近ごろ競馬場でもカジノでも、妙に弱気になったことを考えれば、たぶんこのさきレートは次第に下がって、小バクチを楽しむようになるのであろう。まさしく「従心所欲不踰矩」である。

二千五百年もの時を経て、世の中は何もかもが変わっているはずなのに、まことおっしゃる通りなのだから孔子は偉大である。

そこで、つらつら考えたあげく、六十三歳はけっしてハンパな年齢なのではなく、いわんや私がハンパ者の人生を送ってきたわけでもなく、不変の真理に則って生きているのだと思うことにした。

しかし、だにしても重大な問題が残る。今や孔子の享年がまさか長寿とは言えぬ。では、彼が語ろうにも語れなかった八十歳、九十歳、いや私のような呑気者はたぶん百歳の上までであろうが、かくあるべしという指標がないではないか。もし「われ八十にして変心、九十にしてやぶれかぶれ、百にして心の欲するまんま」だったらどうする。

秋霖《しゅうりん》を聞きつつしみじみと、やっぱりハンパ者がよろしいと思った。

真夜中の対話

街路樹の葉が日ごと色付く十月のなかば、カナダのトロント大学で文学シンポジウムが開催された。

フライトはたっぷり十二時間、まるまる裏返しになる時差、しかも日程の都合で現地三泊。アメリカ大陸東部への短期出張はまこと体にこたえる。

私の日常生活は、午前六時に起床して午後十一時に就寝である。こういう律義な時間割を持つ人間ほど、ジェットラグには弱い。

シンポジウムは午後三時からえんえん五時間の長丁場であった。つまり、体内時計では真夜中から朝方にかけての常にあらざる仕事であり、なおかつそのうちの九十分間は、国際ペン会長ジョン・サウル氏との対談にあてられていた。

テーマは「戦争と文学」。居眠りどころかあくびもできぬ。おまけにお相手のサウル会長は、前日にウクライナから帰国して、ただいまジェットラグの真ッ只中との由。ともかくにも真剣な討論をかわしたのであるが、顧みていったい何を聞き何を語ったのか、ほとんど記憶にはない。

さて、大仕事をおえたその夜の出来事である。

ジェットラグがいっこうに改善されぬまま明日の午後便で帰るというのは、たぶん帰国してから楽なんじゃないか、などと考えながらベッドに入った。

ふしぎなことに、時差には弱いが寝つきと寝起きはすこぶるよろしい。おそらくは若い時分、消灯ラッパで無理無体に寝かしつけられ、起床ラッパで叩き起こされた自衛隊生活の賜物であろう。「三つ子の魂百まで」とは言わぬまでも、二十歳《はたち》の習慣は六十を過ぎても忘れないのである。

さらに思い返せば、その生活にはラッパによる起床と就寝ばかりではなく、「不寝番」だの「非常呼集」といった、イレギュラーな任務もあった。要するに、たとえ真夜中であろうとしばしば叩き起こされたのである。

ぐっすりと眠りについていた午前三時、ホテルの館内に非常ベルと自動音声が響き渡った。どうやら「階下に降りる準備をして下さい」と言っているらしい。

あくまで〝Preparation〟であるから、さほど緊急を要することでもあるまい、とは思ったのだが、カーテンを開けてみれば眼下に消防車が止まっているではないか。

それでもさほどあわてなかったのは、かつて同じような経験を何度もしているからである。海外の古いホテルでは、設備の誤作動や宿泊客の誤報等で、こうした騒ぎになることがある。むろんホテル側が、万全の対応をしている、という意味でもある。

どうせそういうことであろうと高を括《くく》って、それでも根が小心者である私は、とりあえず濡れタオルと貴重品だけを持って部屋から出た。その間もずっと、非常ベルと自動音声の放送は鳴り続けていた。

八階の廊下には大勢の客が出ているのだが、あんがいのことに階下に降りようとする者はいなかった。エレベーターは止まっていた。

つまり、体感できる臭いや煙がないので、誰しもが私と同様に、設備の誤作動もしくは何らかの誤報と考えたらしい。八階までの階段の昇り降りは面倒でもある。

しかし、よく考えてみれば「誤作動もしくは誤報」とする合理的な根拠は何もない。ということは、そのように確信している人は誰もおらず、みなさん「そう思いたい」という希望的観測に基づいて、階下に降りようとしないのだと思った。

そこで私は、近くにいた老夫婦を誘って非常階段を降りることにした。ご主人は「どうせ機械のトラブルだ」というようなことを言っており、夫人は「火事だったらどうするのよ」と夫の手を引いた。

私たちに先んじてロビーに集まっていたのは、お揃いのベースボールキャップとTシャツを着た一団であった。トロント・ブルージェイズの熱狂的なファンたちが、ホテルのバーで徹夜の祝勝会をやっていたらしい。そもそも彼らは、部屋に帰らずに夜っぴて大騒ぎをしていたのである。

私たちのあとから降りてきたのは、子供連れの家族と老人たち。つまり、親としての責任と多年の経験により、希望的観測を排除した人々であった。

続いてはツアーのメンバー。これは添乗員のマニュアル通りに、その指示に従ったのであろう。

やがてロビーも玄関先も宿泊客でいっぱいになったのだが、その順序はたいそう興味深かった。人間の行動は、よほど切迫した状況にならぬ限り、希望的観測に基づくのである。よって、相応の理由を見いだした人々から順序よく、避難を始めたことになる。
①避難するのに手間のかからぬ人。
②避難すべき責任、もしくは経験を持つ人。
③明確な指示をされた人。
④以上の人々に倣って、自分も避難すべきだと考えた人。
と、あらましこのような順序であったと思う。幸いこの一件は、設備の誤作動だか誤報だかは知らぬが、真夜中の空騒ぎに終わった。しかし、仮にそうではなかった場合、宿泊客の負うリスクも前記の順序通りに軽減されたはずなのである。

希望的観測《ウイッシュフル・シンキング》――旅行客のみならず、人類にとってまことに厄介な言葉である。「かくありたし」という願望は、人の心の中で「かくあるべし」と変化し、一瞬ののちには「かくある」と断定されてしまう。

明治十八（一八八五）年に陸軍大学校教官として招聘《しょうへい》されたクレメンス・メッケル少佐は、このような感想を述べたらしい。

「日本の軍人たちはすこぶる優秀だが、総じて希望的観測に基づいて作戦を立てる」

談話の出典は不明で、メッケル自身が伝説の多い人物であるから真偽のほどはわからない。しかしそののち結果として、彼の弟子や孫弟子たちが希望的観測に基づいて行動したのはたしかであろう。

日露戦争の諸局面では、幸運にも希望が叶《かな》ったか、または強引に叶えることができた。だが日中戦争においては「早期解決」という希望的観測が外れ、さらにはイギリスと戦ってもアメリカは参戦しないであろうという「米英可分論」により、勝算なき戦争に踏みこんでしまった。そのほか枚挙に暇《いとま》がないほど大小さまざまの局面において、日本の軍人たちは希望的観測に基づいて作戦を立案し、行動したのである。

トロント大学における「戦争と文学」の対談内容はほとんど記憶にないのだが、その夜は消防車が安全を確認して引き揚げるまでの間、何だかメッケル少佐と長い対話をかわしていたような気がする。

彼の言うように、日本人がとりわけ希望的観測に基づいて行動するとは思えない。しかし、今やほとんどの国民が平和な時代に生まれ育って、「希望的観測」という厄介な言葉すら忘れてしまっているのではあるまいか。

たとえばその夜、私が一時間も夜寒の街路に佇《たたず》んでいたのは、「すぐにエレベーターが動くだろう」という、何の根拠もない希望的観測によるのである。

おかげで朝までまんじりともできず、往復のジェットラグに悩まされたまま、本稿を書くはめになった。

皇帝たちの温泉

ブダペストの温泉に行ってきた。

世界一の温泉大国に生まれ育って、何もわざわざ外国の温泉に入る必要はないとは思うのであるが、いずれ小説の種が尽きたらこれで食おうと目論《もくろ》んでいる折から、看過することはできなかった。

ブダペストには百カ所以上の温泉と、五十近くの温泉浴場があるという。われわれ日本人からするとピンとこない数字だが、ともかくハンガリーが「日本を除く」温泉大国であることにちがいはない。

ちなみに「環境省平成二十三年度温泉利用状況」によれば、日本には三一〇八カ所の温泉地があり、二万七五三二本の源泉から、毎分二六八万リットルを超える湯が湧出している。

むろん私は、ブダペストの温泉に浸かるためにわざわざ日本からやってきたわけではなかった。ハンガリーからスロバキア、オーストリアを経てドイツへと向かう、ドナウ川のリバークルーズを体験するために、その起点であるブダペストに入ったのであった。

そうした次第であるから、市内観光に費やす時間がない。かの有名なくさり橋だの王宮の丘だのマーチャーシュ教会だのをザッと見物して、何はさておき温泉に躍りこんだのであった。

市内に数ある温泉施設の中から私が選んだものは、アールヌーヴォー様式が美しいゲッレールト温泉である。創設は一九一八年、ホテルを併設した外観はドナウ川に面した宮殿の趣で、ひとっ風呂浴びるにしてはいささか敷居が高い。

ブダペストには同種の施設がたくさんあるらしい。つまり首都の中心部のあちこちに、昔から温泉が湧出しているのである。

そもそもこの町は、ドナウ川を挟んで西岸の「ブダ」と、東側の「ペスト」が十九世紀に合併して「ブダペスト」という名称になった。ものすごくわかりやすい。

日本の場合、市町村の合併に際しては公平を期してまったくちがう名前をつけたりするが、その点「ブダペスト」は文化的・歴史的にも、また生活の便宜上も、見識ある命名と言えよう。

西のブダ地区は王宮の丘を中心とした格調高い旧市街地であり、東のペスト地区は平坦で諸官庁が置かれ、広大な商業地が拡がっている。温泉施設が集中しているのは、ブダ地区のドナウ川沿いである。

起源は遥かローマ帝国の時代まで溯《さかのぼ》るらしい。

ローマ人たちは支配下に入れた土地に、野外劇場と闘技場と大浴場を造る。兵士たちの慰安施設というより、地元に対する懐柔策であろう。シアターとスタジアムと健康ランド。考えてみれば二千年後の日本に住む私も、娯楽といえばこの三つ。映画を観《み》て、競馬場に行って、風呂に入ればご満悦である。

ブダペストにはこの時代の公衆浴場跡も発掘されているが、本格的な温泉文化をもたらしたのはオスマン・トルコであった。ローマ人と同様、トルコ人も大の風呂好きで、市内に今も営業する古い温泉は、十六世紀から十七世紀にかけて彼らが整備したものであるらしい。

まあ、そのように歴史をたどってみれば、ハンガリーに限らずヨーロッパに点在する温泉の多くは、ローマ帝国やオスマン帝国の覇権にその起源を求められるわけで、施設が宮殿のごとき権威性を持つのも、そうした伝統に由来するのであろう。

しかし、もちろん今日では誰もが気軽に利用できる「立ち寄り湯」である。

かつてドイツのバーデンバーデンで、「ドイツ流完全混浴」の大浴場にそうとは知らず立ち入り、うろたえた経験があった。好奇心が強いわりには、変なところで気が弱いのである。何につけても厳正さを尊ぶドイツ人が、どうして温泉だけ水着もつけずに混浴となるのか、私にはいまだにわからない。

ゲッレールト温泉は水着着用と聞いて、ほっと一息。

ちょっと不安なのは、広い施設内に英語の表示がないことである。案の定、右往左往したあげく女性ロッカールームに迷いこみ、悲鳴を聞いた。

すばらしい浴場である。古きよきアールヌーヴォーの意匠に囲まれ、ステンドグラスから柔らかな秋の光が降り注ぐ。どうやらひそかなデートスポットになっているらしく、湯治の老人たちのほかに若い恋人たちがあちこちで愛を囁《ささや》き合っている。

湯量は実に豊富、泉質は無色透明で軽いがわずかに硫黄臭があり、カルシウムの肌ざわりも感じた。あんがい複雑な成分構成で効能あらたか、と鑑定。

ただし、ぬるい。

温度計の表示は、三十二度と三十六度。江戸ッ子の私にとって、四十度以下はお湯ではない。ちなみに、わが家の風呂の温度は四十七度に設定してある。

仕方なくいくらか温度の高い湯口でブツブツ言っていたら、隣にいたおじいさんが「あっちが熱いよ」と身ぶり手ぶりで教えてくれた。そこで、アールヌーヴォーの廊下をたどって別室へと移動。宮殿のようなゲッレールト温泉には、浴室がいくつもある。

こちらの温度計は四十度。大理石の深い浴槽の前に注意書きがあった。たぶん「熱いから気を付けてね」という意味だと思う。

しかし、ぬるい！

凩《こがらし》の吹きすさぶ王宮の丘を歩き回って、体は冷え切っているのだ。今の私が求めているのは、こういう生殺しのような湯ではない。たとえば草津温泉湯畑のほとりの「白旗の湯」とか、別府の山ぶところ「鉄輪《かんなわ》温泉」とか、江戸ッ子以外は浸かるどころか触れることもできぬ銀座まんまん中の「金春湯《こんぱるゆ》」とか、そういう風呂で身じろぎもできずにひたすら唸りたいのである。

ところが、生殺しのまま堪忍すること一時間、ゲッレールト温泉を後にしてブダペストの町に出てみれば、体は芯からぽかぽかに温まっていた。

このごろ日本の温泉や健康ランドも、総じて湯の温度が低くなっているように思うが、血圧もいくらか高くなってきたことでもあるし、これからはのんびりゆっくり湯に浸かるようにしようか。

そろそろドナウ川クルーズが出航する時間である。ブダペストには灯《ひ》がともり始めた。くさり橋も王宮もライトアップされて、古都が最も美しいたそがれどきになった。

ふと、どうして日本には三一〇八もの温泉場と、数え切れぬ温泉宿が存在するのだろう、と思った。

答えはただひとつ、二千年もの間、どのような時代にも権威と無縁であり続け、貧富貴賤にかかわらず、みながみなその快楽と効能を尊んできたからである。

総統の抜け穴

空港から市内までの道すがら、左手の山ぶところにまるで竜宮城のように華麗な建物が見える。

台北のランドマークとも言える、『圓山大飯店《えんざんだいはんてん》』である。あまりに大きくて派手だから、一見してホテルとは思えない。赤い柱と金色の屋根はまさしく宮殿で、さもなくばこれがかの故宮博物院かと誤解する向きも多かろう。

かつての訪問時は市内のホテルを利用していたが、このたびは念願叶って圓山大飯店に宿泊する運びとなった。欣喜《うれ》高興《びー》！

訪台の目的は、小籠包《シヤオロンパオ》を腹いっぱい食うことではない。

ひとつは乾隆帝《けんりゆうてい》の偉業たる『四庫全書』の実物を拝見するためである。NHKが特別番組を制作するにあたり、初めて接近するテレビカメラとともに、私も「マスクをかけて一メートルまで」の条件付きで拝見を許可された。無上光栄《うれびー》！

もうひとつの目的は、現在執筆中の中国近代史シリーズ第五部『天子蒙塵《てんしもうじん》』の取材のため、西安事件の責任を問われた張学良が長く軟禁されていた、新竹県井上温泉（現・清泉温泉）を訪れる。

圓山大飯店に滞在したのは、いずれ作品の舞台となるからである。一九五二年に国家の威信をかけて建造されたこのグランドホテルに、蔣介石《しょうかいせき》総統は多くの賓客を招いた。また、半世紀以上も軟禁生活を強いられた張学良が、事実上の名誉回復宣言たる九十歳の誕生パーティーを催したのも、このホテルの宴会場であった。

緑豊かな陽明山を背にし、南に滔々《とうとう》たる基隆河を望む。いわゆる風水の理に適っており、かつて日本統治時代は台湾神社がここに祀《まつ》られていたそうだ。

巨大な外観のわりに、室数が五百というのは少ない。つまりそれだけ、客室も諸設備もゆったりと造られているのである。枯淡風雅の美意識を持つ日本人には、朱と金でコッテコテに彩られた内装は落ち着かぬが、これだけ中華趣味に徹するのは大したものだと感心させられた。

狭い土地家屋に住まう日本人は、空間を大切にする。一方、広い国土に暮らす中国人は空間を怖れ、色彩と意匠で埋めつくそうとする。さまざまの文化を共有しながら、かくも異なった美学を持つのは、そうした理由であろう。

おそらく私たちが圓山大飯店に宿泊して「落ち着かぬ」ように、中国人は日本の老舗旅館では、「物足りぬ」と感ずるはずである。

最上階の大宴会場は、紫禁城の太和殿《たいわでん》を彷彿《ほうふつ》させる豪奢な造作であった。天井の高みから黄金の竜が身を乗り出し、その口元に吊り下がる銀色の球体は、世界の中心を示す。なるほど圓山大飯店は、総統の迎賓館なのである。

今回は特別に、大宴会場からの緊急脱出口を見せていただいた。

非常口ではない。厨房に続く通路に、施錠された観音開きの大扉があり、その先はセメントで塗り固められた急な階段である。しかも、滑り台がついている。途中まで降りてみたが、白い円筒形の脱出口は、螺旋《らせん》状にどこまでも続いていた。

宴会場で何か事件が起こった場合、総統や貴賓はこの滑り台を使って脱出するのである。出口は圓山大飯店を繞《めぐ》る広大な園地のどこかしらなのだろう。

蔣介石の公邸であった台北市内の「士林官邸」にも、やはり同様に抜け穴があると聞いた。

一九三六年十二月十二日未明、蔣介石は滞在中の西安郊外華清池《かせいち》において、張学良麾《き》下《か》の部隊に急襲され、拘禁された。

世にいう西安事件である。蔣介石は国内統一を成したのちに日本と戦う「安内攘外《あんないじょうがい》」を基本政策として、副司令の張学良率いる大軍を西安に向け、共産軍と対峙《たいじ》させた。

しかし、日本軍の謀略によって父を殺され、東北の故地を追われた張学良は、内戦よりも抗日であると考え、共産党の周恩来とひそかに接触していた。

なかなか戦端を開かぬ張学良を督戦するために、西安の前線にやってきた蔣介石を、張学良が拘束したのである。

軍司令官を副司令官が襲ったのだから、クーデターにはちがいないが、政権も指揮権も奪ったわけではなく、殺害するつもりもなく、ただ政策の転換を迫ったところからすると、「兵諫《へいかん》」というべきであろう。

この種の行動は世界史に類がない。張学良も周恩来も、蔣介石の指導力を尊重しながら、その政策を諫《いさ》めたのである。これによって成立した第二次国共合作は、日本軍にとっての痛打であった。

さて、私が圓山大飯店の抜け穴から思いついたのは、この西安事件の顚末であった。現場となった華清池は、かの楊貴妃が湯あみをした温泉地である。白居易は『長恨歌』の一節に、「温泉、水なめらかにして凝脂を洗う」と詠じた。

何度か当地を訪ねたが、なるほど風光明媚なリゾートの趣があり、巨大な浴場も発掘保存されていた。

その遺跡にほど近い高台に、弾痕も生々しい西安事件の現場が残されている。張学良の叛逆はよほど意想外であったらしく、蔣介石の護衛はわずか三十人ばかりであった。宿舎の裏手は険阻な岩山である。しかも、蔣介石は高さ三メートルの塀を乗り越えたとき足を挫き、動きもままならなかった。そして山中の岩陰に身を潜めていたところを拘束された。

そのときの苦い経験が、のちに「総統の抜け穴」を用意させたのではあるまいか。官邸からの避難路はともかくとしても、圓山大飯店の最上階から滑り台で脱出しようというアイデアは、常識にかからない。

岩山に追い詰められた蔣介石は、まさかそれが「兵諫」であるとは思わず、死を覚悟したはずである。

ところで、兵諫を成し遂げた張学良は、解放された蔣介石とともに単身南京へと向かい、潔く軍法会議にかけられた。半世紀以上にもわたる軟禁生活が始まる。その場所も戦況に応じて定まらず、国共内戦ののちは台湾へと移った。

蔣介石は一九五九年、口頭で彼の「自由回復」を告示したが、事実上のそれは前述した九十歳の誕生パーティーであろう。

そのとき老将軍は、亡き蔣介石がかつて用意した「総統の抜け穴」を見たであろうか。

張学良は二〇〇一年、ホノルルで百歳の天寿を全うした。「不抵抗将軍」と呼ばれ、「貴公子」のイメージのある彼だが、中国では今日も「救国の英雄」とされている。

歴史的な評価はいまだ定まらず、しかし逃げ道を用意しようとしなかった人物は歴史に稀である。

大雁塔とドラ焼

自宅の居間に、西安・大雁塔《だいがんとう》の素描画が飾られている。

高名な画家の肉筆である。かつて直木賞を受賞した折に、さる出版社の社長からいただいた。

冬枯れた杏《あんず》の林の向こうに、七層の仏塔が鎮まっている。天竺《てんじく》に旅した玄奘《げんじよう》三蔵が、持ち帰った経典を納めるために、唐の高宗《こうそう》に願って建立した塔である。

素描画はまるで定木を置いたような直線で、千三百年余の風雪に耐えた大雁塔の素朴な佇まいを描いていた。

晴れ上がった冬の日に眺めていると、まるで居間の壁に穿《うが》たれた小窓から、時や場所の隔たりを越えて大雁塔を望んでいるような気分になる。

ところが、この一枚の絵には謎があった。塔がわずかに傾いているのである。前景となっている杏の林が垂直なので、傾きは歴然としている。そうと気付いてからは、額縁の中の絵を少し斜めに置いてみたが、すると杏の木々が傾いてしまうので、いよいよ落ち着かなくなった。

そもそも私は寛容ではない。一見穏やかそうに見えるのは周囲の誤解で、齢なりのガマンをしているだけなのである。実は縦のものが横になっていても不愉快になる。

しかし、こればかりは文句が言えぬ。芸術品の欠点を暴くのは行儀が悪いし、何よりも心のこもった祝福の品にケチをつければ口が腐る。

かくして大雁塔は、大いなる謎を秘めたまま、ずっと居間の壁に飾られている。その不穏な傾きもすっかり見慣れたこのごろでは、私自身に対する戒めなのではないか、などと考えるようになった。

冬のかかりに、西安を訪れた。

つごう三度目になるのだが、いつも仕事なので観光をしている暇がない。今回も日中国際会議の委員としての訪問である。

過去の二度は作品の取材であった。明朝を打倒した李自成は、西安を反乱の拠点とした。また、清末の義和団事件の折には、西太后と光緒帝がここに難を逃れた。さらに、張学良が蔣介石を監禁して、国共合作と抗日戦を迫ったのも西安である。紀元前の西周に始まり、漢、隋、唐など多くの王朝が千年の都を営んだ西安は、近世近代においてもさまざまな事件の舞台となった。近代史の決定的な転換点には、必ず西安の一幕が必要と言ってもよいほどである。

しかるに、玄奘三蔵も大雁塔も、私の取材の対象ではなかった。かの地をつごう三度も訪れて、象徴たる大雁塔を遠目にすら見ていない、という人はまずいないであろう。

よって今回こそは、大雁塔を見物したいと思った。

べつだんわが家の素描画が頭にあったわけではない。二カ月ほど前に中央アジアのキルギスで開催された文化フォーラムに出席していたので、シルクロードの東と西を確認したかったのである。

インドに旅した玄奘三蔵は、キルギスの大草原をたどり、天山山脈を越え、ゴビ砂漠を渡って長安の都に経典を伝えた。その経蔵が大雁塔なのである。


さて、そうは思い立ったものの、わずか二日間の滞在中は予定が分刻みで、まったく自由時間がなかった。しかも皮肉なことに、宿泊したホテルは大雁塔のすぐ近くであった。さらなる皮肉は、ゲストルームが反対側で、窓から身を乗り出しても大雁塔が見当たらぬどころか、濁った空気の向こうに高層ビル群を望むばかりであった。

そこで、送別の宴も果てた帰国前夜、やむにやまれずホテルを脱走した。

折しも満月の晩である。幸い空気も冴《さ》えた。以前本稿にも、「西安の月」と題する拙文を寄せたが（『アイム・ファイン！』集英社文庫所収）、思えばどうしたわけか、過去二度の訪問の夜は定めて満月なのである。

ひとけの絶えた大通りを渡ると、錫杖《しゃくじょう》をついた玄奘三蔵の巨大な銅像が、黒ぐろと月明に映えていた。

その遥か先の大慈恩寺の境内とおぼしきあたりに、藍色の夜空を背負った大雁塔が聳《そび》えていた。冬枯れた杏の林が、寺域を囲んでいる。

とたんに私は立ちすくみ、声にならぬ白い溜息をついた。大雁塔は左に傾いているのである。玄奘三蔵はすっくと大地に足を踏みしめて立ち、杏の木々は中天の月をめざすようにまっすぐな幹を伸べている。だからその先の大雁塔の傾《かし》ぎは明らかであった。画家は忠実にそのありようを模写したのである。

たとえ千三百年の風雪がもたらした変容であろうと、かくある形を偽らぬことが写実であり、なおかつその写実がもたらすかもしれぬ誤解を、けっして怖れてはならぬ。真に怖るるべきは本質を見誤ることであると、画家の魂が私に囁きかけた。

大雁塔は七層の窓などに、夜っぴてほのかな灯をともしていた。そればかりはきょうび流行の、ライトアップなどではあるまい。

玄奘三蔵がシルクロードから持ち帰った、真実の耀《かがよ》いである。

ところで、いささか余談ではあるけれども、ホテルへと帰るみちみち、もうひとつ思い当たったことがある。

阿倍仲麻呂《あべのなかまろ》が遣唐使の一員として長安に入ったのは西暦七一七年で、創建から六十年ばかりしか経っていない大雁塔は、まだまっすぐであったろう。

留学生であった仲麻呂は十九歳の若さであったが、よほど優秀であったとみえて科挙の試験に合格し、唐の官吏としてそれからの人生を送るはめになった。以来帰国を許されず、七十二歳の生涯をかの地で全うする。

望郷の一首は名高い。

天の原　ふりさけ見れば春日なる
　三笠の山に　出でし月かも

西安の路上で満月を見上げながら、ふと「ドラ焼」を連想したのは不謹慎であろうか。コテコテの中華料理を食い続けたあげく、何だかものすごく「ドラ焼」が食べたくなった。

中華料理が世界に冠たる文化であることは言を俟《ま》たぬが、阿倍仲麻呂もやはり、さっぱりとした母国の味覚を懐かしんだにちがいない。

むろん、その時代に「ドラ焼」はなかったであろう。しかし後世、志の高い菓子職人が仲麻呂の望郷の念に思いをはせて、満月の形の「ドラ焼」に「三笠山」なる雅名を与えたのは、たぶん中《あた》りであろうと思う。

君は虚無僧を見たか

若い編集者に虚無僧《こむそう》の実見譚をしたところ、大笑いされた。

それは江戸時代の話でしょう、というわけである。

職業がらしばしば、虚と実、ウソとホント、空想と現実等が混乱するので真摯に思い直してみたのであるが、やはりまちがいなく、けっしてパフォーマンスではない本物の虚無僧をいくども見ている。

まったく時代劇そのままの、深編笠《ふかあみがさ》に着流しの浪人体《てい》が、門前や玄関先で陰々滅々たる尺八を奏し始める。首から胸前に、「明暗」と書かれた箱を吊るしており、そこにいくばくかの金を入れると立ち去るのである。

金を貰《もら》って尺八を吹くのではない。勝手に吹き始めて、金を貰うまではやめない。どうかすると、「もっとよこせ」とばかりにいっそうの気合をこめて、陰々滅々たる熱演を始めるつわものもいた。

虚無僧の狙いは、ご近所や通行人の目である。ミエとハリを徳目とする江戸ッ子は、吝嗇《りんしょく》だの気前が悪いだのという噂を怖れる。つまり、長いこと尺八が演奏されているという状況は、虚無僧と家との、のっぴきならぬ意地の張り合いであった。

そこで、いよいよ辛抱たまらなくなると、祖父が彫物を入れた腕をたくし上げ、ご近所に聞こえよがしの大声で怒鳴りつけるか、あるいは祖母が嫌味たっぷりに、きちんとくるんだ百円札を渡して三つ指をつき、「了簡《りようけん》なさいまし」などと言って追い返したものであった。

要するに一種のゆすりたかりなのだが、お江戸以来の風物なのだから、警察沙汰にしようものなら「気前が悪い」を通り越して「不粋」である。まあ、わかりやすく言うなら、「義理人情の押し売り」であろうか。

とりわけ正月明けには、この種の商売が跋扈《ばっこ》した。金ばなれがよく、縁起かつぎもあり、彼らにとっては稼ぎどきだったのであろう。

この種、というからには同工異曲の商売がたくさんあった。

代表的なものは獅子舞《ししまい》である。やはり虚無僧と同様、門前や商家の店先で派手に鉦鼓《しょうこ》を打ち鳴らし笛を吹き、舞い踊り始めたら金を渡すまで立ち去らない。

むろん、人垣がおのずとできるほどの立派な芸もあるのだが、正月には強面《こわもて》が獅子頭を冠《かぶ》っただけの俄《にわか》もあって、「勘弁ならねえ」とばかりに躍り出た祖父と、取っ組み合いの大喧嘩になったこともあった。

新内流し。これは目的こそ同じでも、ずいぶん品がよかった。三味線と唄い手が二人一組で、弾き語りながら町内を流してくる。そうしてたいがいなじみの——つまり風流を解する家の前に立って、いよいよ朗々と唄い始めるのである。

私の祖母は花柳界の人だったので、新内流しだけは歓迎した。しかし、やはり門付《かどづ》けの分《ぶ》というものはたがいに弁えていたのだろうか、座敷に上がるということはなかった。祖母は玄関の上がりかまちに座って新内を聴き、ときには昔取った杵柄《きねづか》か、子供の耳にもうっとりとするような声でみずから唄った。

そういえば一度だけ、三河万歳《みかわまんざい》がやってきた。これはちょっとした騒動だったので、生々しく記憶している。

家族がおせちの重箱を囲んでくつろいでいるところに、何の前ぶれもなく鼓を打ち鳴らし舞い踊りながら、きんきらきんの太夫と才蔵が飛びこんできた。

ゆすりたかりどころではない。不法侵入である。なにしろ大時代な烏帽子《えぼし》を冠って大紋を着ているのだから、昔の人が時間を踏みたがえて転がりこんだとしか思えなかった。その二人が何やら掛け合いをしながら、ひたすら大はしゃぎするのだが、家族は仰天するばかりでちっとも笑えぬ。結局これも祖父母が宥《なだ》めすかし、祝儀をはずんで退散させた。

のちに少し調べたのだが、三河万歳は徳川家が同地の出身であることから、正月の縁起物とされて江戸城内にも参入を許されたらしい。お城に躍りこむくらいなら庶民の家など当たり前というわけで、ところかまわず突然の不法侵入を可とされたのである。

そんなふうにして一年の福を招きこむ、という意味なのであろうが、跳ね回る太夫に肩車をされた私は、わけもわからずただ怖ろしくて、大泣きに泣いた。

思えばそののちの人生の禍福は、みな何の予兆もなく突然に訪れた。もしや三河万歳の趣旨は、「一年の招福」などという簡単なものではなく、「この一年も気構えを怠りなきよう」という、権現様の訓《おし》えなのかもしれぬ。

虚無僧の記憶だけでも大笑いされたのだから、けっして妄想ではない体験だと自信を持っても、そうした出来事を若い人に語る気にはなれなかった。

「戦前・戦後」というかつての時代区分も、今はほとんど死語となった。これから当分の間は、「昭和・平成」が歴史的な区切りとなるのであろう。

しかし、かにかくに考えれば、いわゆる「戦後」に生まれ育った私も、あんがい子供の時分は旧《ふる》い日本の慣習の中にあったと知る。少なくとも昭和三十年代初頭の東京には、虚無僧も新内流しも三河万歳も生き残っていた。

私の記憶する限り、それは前時代の残滓《ざんし》ではなく、明らかに庶民生活の一部としての伝統であり文化であった。だとすると、それらを滅したものは戦争ではなく、繁栄であったということになる。万民の希求する繁栄には、知らず打ち棄《す》てられる文化がある。よしやそれらを救い切れずとも、せめて記憶にとどめなければ、繁栄は書割《かきわり》のように空疎なものになる。

たとえば私たちの子供の世代では、「公衆電話」や「箱型のテレビ」や「手紙」が、孫の世代では「紙の本」や「現金」までもが、虚無僧と同様の運命をたどるかもしれない。しかしそれらを記憶し続けること、とりわけそれらにまつわる生活と心情とを記憶し続けることが、繁栄を正しく享受する社会の条件であろうと思う。

ところで、虚無僧の起源は遠く鎌倉時代まで溯るらしい。究極の禅において、世は実体のない虚構であると知り、ひたすら心を虚しくして尺八を吹奏する、というのであるから畏れ入る。

また、士分以外には資格がないという規則があったので、わけあって浪々する侍の生計の方法となった。『仮名手本忠臣蔵』で大星由良之助が虚無僧に身をやつして以来、仇《かたき》を捜す武士や密偵などのイメージが重なって、神秘的な門付けの地位を得たのであろう。

しかし諸説紛々として謎の多いところからすると、その実は江戸幕府の「失業者対策」だったのではあるまいか。仕官の叶わぬ有為の人材を、フリーターやホームレスにさせまいとそれらしい理屈をつけて、社会全体が養ったのである。

きっと私が幼い日に見た虚無僧も、その後の高度経済成長期に、めでたく仕官が叶ったのだろう。

鬼は外　福は内

前章では、私が子供の時分に実見した「虚無僧」「獅子舞」「新内流し」「三河万歳」等について書いた。

私自身も忘れかけていたならわしである。思えば原稿の締切とはありがたいもので、十有余年も連載エッセイを続けていれば材料は払底しているのであるが、いざ今日中に書かねばならぬとなれば、忘れかけていた記憶までがアドレナリンとともに甦るのである。

ともあれ私たちの世代に消えてしまったならわしを、小文に書き留めることができたのは幸いであった。

そこで、続篇である。前記の門付けがしばしば訪れていたころ、家の中ではどのようなならわしが行われていたのであろうと考えた。

明治生まれの祖父母が差配していたわが家は、けっしてなおざりにしてはならぬ年中行事に埋めつくされていた。転居をくり返し、家族も総入れ替えとなった今では、失われてしまった習慣も多い。いや、続いているものは正月のあれこれと、節分の豆まきと、雛《ひな》飾りぐらいであろうか。

思えば私が物心ついた昭和三十年ごろは、明治末年生まれの人が四十なかばの壮年で、ご長寿の中には江戸時代の人もまだまだいらしたのである。だからそのころまでは、家の内外にお江戸のならわしが伝えられていたのであろう。

私は風呂好きなので、冬至の柚子《ゆず》湯は近年まで励行していたのであるが、循環式のバスシステムを傷めるのではないか、というセコい理由により廃止してしまった。すると連座的にというか拡大解釈というか、五月の菖蒲《しょうぶ》湯までやめてしまった。

七夕の青竹飾りも続いていたが、この齢になれば短冊にしたためる願いごともそうそうあるわけではなし、彦星と織姫が逢《あ》えようと逢えまいとどうでもよかろうという乾いた気持ちも相俟って、やっぱりやめてしまった。

かろうじて雛飾りが廃案にならぬのは、女子与党が数の上で優勢だからである。

そうこう考えれば、節分の豆まきがいまだ健在なのは喜ばしい。べつだん今さら鬼だの福だのを信じているわけではないが、これだけはなぜか続いている。

子供が小さかったころは、鬼の仮面をかぶった私が妻子のぶつける豆を怖れて逃げる、という劇性が楽しかった。ただし顧みて、なにゆえいつも私が鬼であったかという疑問は残る。

　しかし、子供が長じて家を出てからも、同居の義母が亡くなってからも、豆まきは夫婦だけで続けた。こうなるとどちらかが鬼というのも気まずいので、架空の鬼を追い出し、福を招き入れ、しまいにはただのぶつけ合いになるという、甚だ劇性を欠くスタイルに変化した。

　昨年の節分には、あろうことかその妻が娘の家に行って豆まきをしたので、折しも締切まぎわで書斎にこもっていた私ひとりが儀式を執り行うはめになった。

「ひとり豆まき」は初めての経験であった。かつて「ひとりプリクラ」はやったためしがあるが、孤独な羞恥心、もしくは自分自身の存在に対する懐疑等のやるせない気分は、それの比ではなかった。

　寒風吹きすさぶ夜だというのに、あちこちの戸や窓を開け放ち、大の男がたったひとりで、「鬼はァー外！」を二回、「福はァー内！」を三回、古式に則って豆をまくのである。

　しかも、わが家の伝来によれば、すべての部屋、バス、トイレ、玄関に至るまでこれをくり返さねばならず、その間の移動に際しては「やるまいぞ、やるまいぞ」と大声で唱え続けることになっている。なにしろ祖父母に教えられた家伝の法であるから、あだやおろそかにはできぬ。

これをひとりでやるのである。恥ずかしくもあり、懐疑もしたが、本年も無事になしおえたという充足感はあった。

江戸時代における節分の豆まき――正しくは「追儺《ついな》」の儀式については、拙著『黒書院の六兵衛』の中に書いた。

その折に調べたのであるが、そもそもこの慣習は宮中の行事であったらしい。仮装をした大小の鬼が殿内を駆け回り、殿上人《てんじょうびと》が弓矢でこれを追い払うのである。由来は中国だと言われているが、いくらか道教的な臭いはあるにせよ、私の知る限り中国における類似の習慣はない。

狂言には『節分』の演目がある。大晦日に蓬萊《ほうらい》の鬼がやってきて、歌を唄いながら女をくどくのだが、正体を察知した女は妻になると偽り、やにわに「鬼は外、福は内」と呼ばわりながら豆をぶつけて鬼を追い払う、というストーリーである。どうやら「豆をまく」という習慣は、この狂言からきているらしい。

江戸時代の武家屋敷においては、宮中由来の「弓矢」と、たぶん狂言由来の「豆まき」が複合されていた。

この際に、豆をまく者は必ず年男とされており、屋敷内にその干支《えと》の男子がいなければ、親類かご近所の該当者が役を務めた。そして家の当主が弓を鳴らして追い、鬼に扮《ふん》した家来や使用人が逃げるのである。追う側は「やるまいぞ、やるまいぞ」と言い、追われる鬼は「ご勘弁、ご勘弁」と許しを乞うたと伝えられる。

ただし、江戸時代の旧暦に則って、この追儺式は立春の前日、すなわち十二月の二十八日もしくは二十九日の晩に行われた。明治の改暦の折に、そのまま新暦の二月三日ないし四日の晩に移動したのである。

どうせなら年末の行事と定めておいたほうが、据わりがよかったと思うのであるが。

ところで、節分に恵方巻なるものを食べるという習慣は、いったいいつから始まったのであろう。

少なくとも、つい先年まで、東京ではまったく聞いたためしもなかった。

吉方を向いて海苔巻《のりまき》を食べる、か。詳しい作法など知らぬが、まことにユニークなならわしである。

今では節分の数日前ともなると、店頭には恵方巻を山積みにしたワゴンが並び、コンビニには旗が立つ騒ぎとなった。その有様がクリスマスケーキやバレンタインデーのチョコレートと似ているところからすると、やはり商魂たくましき大阪人の発案と思える。

煎り豆というのはそれほどうまいものではなし、年齢プラス1、という数も子供のころは物足りなかったが、六十を越えればうんざりとする。
ならば炭水化物を控えている折から、恵方巻の一本食いは望むところである。

「白」の時代

放課後の売店は大混乱であった。

中高一貫教育で生徒数が多く、そのわりにはたいそう小さな売店で、育ちざかりの少年たちは授業が終われば何をさておき競って牛乳を買い求めたのである。

メニューは定めて「コーヒー」もしくは「白」。つまり「コーヒー牛乳」か「ふつうの牛乳」の二者択一であり、前者は早いうちに売り切れてしまった。どちらも今は懐かしいガラス瓶で厚紙の蓋が被《き》せてあり、値段は十五円であったか、二十円であったか。ともかく放課後しばらくの間、売店の周囲は戦場のような大騒ぎであった。

私が入学したのは昭和三十九年、東京オリンピックの年である。つまり売店で牛乳を奪い合っていたのは、概《おおむ》ね昭和二十一年から二十六年もしくは二十七年早生まれの生徒であった。ご同輩の中には同様の経験をなさった方も多かろう。

いったいあの大混乱は何だったのかと思うと、むろん下校時の飲食を禁ずる躾《しつけ》に生徒たちが従順であったせいもあろうが、やはり牛乳に対する執着があったからである。

私たちの世代は、全国的にまず例外なく小学校の給食において脱脂粉乳を飲み続けてきた。今日言うところの、ローファットミルクやスキムミルクなどの上等なものではない。臭くてまずくて、気持ちの悪い人肌のぬくもりを持つ飲み物である。

要するに、味覚知覚を無視した換骨奪胎品と言えよう。中学生になったというのは、その脱脂粉乳の責苦から解放されたという意味でもあった。

そもそも当時は、牛乳が高貴なものとされており、その分類は食べ物でも飲み物でもなくて、あらゆる栄養を凝縮した妙薬のように考えられていた。成績がクラスで一番だった生徒が、たまたま牛乳販売店の倅《せがれ》であったのは、「毎日牛乳を飲んでいるからだ」などとまことしやかに噂された。

かくして脱脂粉乳から解放された子供らは、授業が終わるとわれ先に売店へと走って、十円玉を握りしめながら「白！」と叫んだのである。

こうした牛乳信仰は私たちの世代に限ったものではなく、戦後しばらくの間の社会風潮であったらしい。

余裕のある家には毎朝牛乳が配達されていたし、駅のホームには「ミルクスタンド」があって、通勤途中のサラリーマンが仁王立ちで牛乳を飲んでいた。

銭湯にも必ず牛乳が置かれていた。そしてここでもやはり、男たちは大鏡に正対して裸の腰に片手を添え、まるで神聖な儀式のように仁王立ちで牛乳を飲んでいた。

やはりあのころの牛乳は、あらゆる健康と活力の源であると考えられていたのであろう。それも、甘くておいしいコーヒー牛乳やフルーツ牛乳では効果がなく、「白」でこそなのだと信じられていた。

少なくとも単なる嗜好品《しこうひん》ではなかったのである。私の場合は、中学校入学のころ夢中になった芥川龍之介の生家が牛乳製造販売業であったと知ったとたん、べつだん好きでもない牛乳をせっせと飲み始めた。


さて、そのわりにはちっとも成績が上がらず、ろくな小説も書けぬまま大人になり、二十一歳のときに初渡米した。海外旅行が自由化されて間もないころである。

その齢になってもまだ私は、「アメリカ人は牛乳をたくさん飲むから体が大きい」と信じていた。たぶんそんなことを言われて、いやいや脱脂粉乳を飲まされていたのであろう。

ところが、アメリカでは牛乳配達を見かけず、ミルクスタンドもなく、仁王立ちで牛乳を飲む人の姿などなかった。ホテルの朝食で牛乳を探せば、コーンフレークの隣にガラスのボトルが置いてあるだけではないか。しかもそれを口にしてみれば、日ごろ親しんでいる日本製の牛乳よりずっとまずかった。

つまるところ私たちの牛乳信仰は、あの脱脂粉乳をむりやり飲ませるための、お題目にすぎなかったのだと知った。

ところで、本稿を肯《うなず》きながら読んで下さっているご同輩にはいささか意外な話であろうが、もともと欧米人には牛乳を飲む習慣がなかったらしい。

すなわち、牛乳はバターやチーズを得るための原料であり、腐敗しやすい生乳は飲まなかったのである。栄養学的に見ても、脂肪を摂取するのなら大昔からオリーブオイルがあるし、蛋白質《たんぱくしつ》を得るならばチーズのほうが合理的かつ安全であろう。

おそらくわが国においては、明治時代に食生活の西洋化が急速に推進された折、手間ひまかけてチーズを作るよりも、生乳を飲むことが選ばれたのではあるまいか。

しかし、むろんそれとて一般的に普及したわけではなく、明治三十年生まれの私の祖母などは、牛乳はおろか乳製品と名の付くものはすべて、「乳臭い」と言って口にしなかった。

食生活の西洋化に最も貢献したのは軍隊である。明治六（一八七三）年の徴兵令によって男子国民には兵役が義務付けられ、兵営における西洋食の献立が逐次一般の食生活に伝播《でんぱ》されていった。かつて本稿でも書いたが、軍隊由来のカレーライスが普及したのはその好例である（『パリわずらい　江戸わずらい』集英社文庫所収「華麗なるカレー」参照）。

ところが、帝国陸海軍のメニューを精査してみると、私たちが「健康と活力の源」と信じていた牛乳は、まったくと言ってよいほど、ほとんど登場しないのである。

唯一と言える例外は、昭和戦中期の「航空弁当」すなわち機上携行食で、その理由は機内が低温であるうえ当時の航空機の航続距離から考えて短時間であり、なおかつ保温のための魔法瓶が、牛乳の保管にも使用されたからである。

そのほかに乳製品らしきものといえば、「缶詰牛乳」すなわち練乳であった。これも分類上は「嗜好品」に属するから、たぶん兵員の口には入らなかったであろう。

また、現在の食生活に欠くことのできぬフリーズドライ製品やインスタント食品の多くは、「圧搾《あっさく》乾燥口糧」として軍隊で研究開発されたものであるが、ここにも乳製品はほとんど見当たらぬから、実は牛乳どころか乳製品全般が国民生活に浸透していなかったと見るべきであろう。

だとすると私たちは、戦後の貧しい食生活の中で米軍由来の「圧搾乾燥口糧」である脱脂粉乳を給与され、同時に本物の牛乳に憧れて、思いがけずに食文化の明治維新を達成した世代であるとも言えよう。

しかし、そうは思っても今さら幼いころからの信仰が改まるわけでもない。いささか時代遅れではあるが、わが家には今も毎朝「五合瓶《ごんごうびん》」の「白」が配達され、書斎にこもる前に朝日を浴びながら、コップ一杯を仁王立ちで飲み干す。このごろは誤嚥《ごえん》に留意し、一気飲みを戒めるようになった。
脱脂粉乳で育った私たち世代は、永遠に「白」の時代を生きているのである。

ヴェルサイユの奇跡

『王妃の館《シヤトー・ドウ・ラ・レーヌ》』は一九九八年から二〇〇一年にかけて、女性向け月刊誌に連載された長篇コメディーである。

これまでずいぶんたくさんの作品を映像化していただいたが、この『王妃の館』に映画の話がもたらされたときばかりは、マサカと思った。上下二巻という長さ、舞台はすべてパリ、それも現代と十七世紀の二重構造を持っているのだから、どう考えても無理であろう、と。

そもそも小説を書くにあたって、映像化はいささかも意識しない。むしろ頭の中からいっさいのヴィジョンを排除する。小説は言葉によってのみ構築されなければならないからである。よって、映像側のみなさんから見れば、よほど不親切な原作にちがいなく、わけてもこの『王妃の館』はその極めつきと言えた。

ところが、マサカマサカと思う間に企画は進行し、ついに公開の運びとなった。まことめでたい。いや、いまだに信じられぬ。

マレ地区のヴォージュ広場に、『ル・パヴィヨン・ドゥ・ラ・レーヌ』という古いホテルがある。かつて王妃アンヌ・ドートリッシュが滞在したことから名付けられた、文字通り「王妃の館」である。すこぶる敷居が高く、部屋数も少ないのでなかなか予約も取れない。

このホテルに滞在して、あろうことか『壬生義士伝』を執筆していたとき、まったく突然に、それこそ天使が降りてきたとしか思えぬくらい不意に、フレスコ画の天井を突き破り、シャンデリアを揺るがして物語の塊が落ちてきた。

小説の着想というのは、いつもそのような感じである。じっくりと考えたあげくに絞り出すものではなく、何だか事故か天変地異みたいに、いきなりやってくる。

面白いことには、その瞬間に物語の八割方はできており、なおかつサイズまではっきりとわかる。たとえて言うなら、短篇ならば暗闇にナイフが閃《ひらめ》いた感じ、長篇ならばさきに述べたように破壊的な衝撃を伴う。

パリの高級ホテルにおける、二つのツアーのダブルブッキング。陽《ポジ》と陰《ネガ》。みずからを太陽王と称したフランス国王の、光と闇。舞台は四百年変わらぬヴォージュ広場と、そのほとりに佇む「王妃の館」。遥かな時空を繋ぎ止めるのは、ツアーのメンバーである風変わりな小説家――まあ、そのようなものが隕石みたいなひとつの塊となって、『壬生義士伝』を書いている頭上に落ちてきた。

その衝撃度からして、これは上下二巻の大物だと思ったのであるが、問題はコメディーだということであった。

古今東西、喜劇はあらまし短篇である。あるいは『東海道中膝栗毛』のような、連作短篇であろう。笑いの原則はいわゆる瞬間芸であって、読者を笑わせつつ長いストーリーを維持するのは困難だからである。

やっぱりダメか、と思いもしたが、神様からいただいたにちがいないこの物語を反古《ほご》にしたら、たちまち天罰が下りそうな気がしたので、『壬生義士伝』の締切はさておき、たそがれのヴォージュ広場を散策しながら考えた。

そう、そもそも私はお笑い作家なのである。たまさか『鉄道員《ぽっぽや》』というお涙短篇集が売れちまったために、引き続き悲劇を要求されているにすぎないのである。よって今も『壬生義士伝』なるぶっちぎりのお涙小説を書いているのであるが、それこそ実は仮の姿だ、と思った。

印税で憧れのジャガーを買ったことでもあるし、ハンドルを握る男はギャガーでなければならぬ。ジャガーに乗ったギャガー。イケる、と私は思った。

かくして、幕末を舞台にした悲劇『壬生義士伝』と、お笑いルイ十四世を主人公とした『王妃の館』の同時進行という暴挙が開始されたのである。

しかしながら、この両作品を顧みると、あんがいのことにその類似点に気付く。すなわち、「貧富貴賤の価値観に対する懐疑」というテーマを、両者は共有しているのである。悲劇と喜劇は表現上の手法にすぎない。

それにしても、『王妃の館』の映像はまさしく奇跡であった。

もっとも、映像化そのものが信じられなかった私の目に、映像が奇跡と見えたのは当然である。試写会の間じゅうずっと、これは夢ではないかと疑い続けていた。

ヴェルサイユ宮殿もルーヴル美術館も借り切っての撮影である。私の記憶する限り、日本映画史上はもとより、ハリウッドの大作にもこんな贅沢はありえない。むろん画面に登場する大勢の観光客も、すべてフランス人のエキストラである。

撮影現場はそれらにとどまらない。実物の『ル・パヴィヨン・ドゥ・ラ・レーヌ』を始め、パリ近郊に現存する四つの城郭や、市内のレストランやカフェが、そっくりそのまま使用されたという。

つまり、原作者にとって至難であった長篇喜劇が、空前の喜劇大作として映像化されたのだった。

もうひとつ、奇跡とまでは言えぬにしろ、相当に奇跡的なエピソードを紹介しておこう。

原作中の主人公のひとりである、風変わりな小説家の名前は「北白川右京」という。私は内心、「浅田次郎」という思いつきのペンネームにコンプレックスを抱いているので、作中の小説家にはいかにもそれらしい、ゴージャスな名前を付けた。

主演の水谷豊さんが『相棒』の「杉下右京」を名乗ったのは、原作の執筆開始とほぼ同じころであるから、これはまったく偶然の一致である。

ロケ現場で初めてお会いしたとき、おたがい妙に緊張したのは、私が毎週『相棒』を欠かさず見ており、水谷さんも私の小説の愛読者であったからである。とりわけ私は緊張するというよりも、何だかものすごくミーハーな気分になってしまい、あやうくサインをねだるところであった。

さりながらふしぎなことに、これまでまったくご縁がなかったのである。「右京」という虚像が繋いだ奇縁、とでも言うべきであろうか。

長篇コメディー『王妃の館』の映像化は、いまだに信じられぬ。きっと雲の上には小説の神様や映画の神様がいらして、地上であれこれ物作りに励む人間たちを操っているにちがいない。だとすると、その成果が瞭《あきら》かになればなるほど、私たちは謙虚にならねばならぬ。

人間は万事において創造者たりえず、信託された者だからである。

キムチ大好き

去る五月、韓国に出張した。

ソウル市内で開催された放送作家協会のイベントに参加するためである。日本でいうなら東京の国際フォーラムのような会場に、多くの脚本家や放送関係者が集まり、大統領まで臨席するというのであるから、さすがは映像大国である。

私は脚本もシナリオも書かない。いや、正しくは書けない。会話だけでストーリーを作るなんて、想像しただけで気が遠くなる。たとえ自作の脚色でも、とうてい不可能であろう。

ということは、明らかに「稼業ちがい」なのであるが、韓国語訳されている作品が多いので演者に選ばれたらしい。出発前に調べてみたところ、二十四冊の小説が翻訳されており、その数は全著作の四冊に一冊、小説に限れば三冊に一冊ということになる。

一方、英語訳はたった一冊、フランス語訳もほんの数冊であるから、要するに私は韓国ウケする作家なのである。

ところで、意外なことに私はかつてそれほど韓国を訪れていない。十年ほど前にウォーカー・ヒルで惨敗を喫し、二度と来るものかと誓いを立てたあと、三年前に慶州で開催された国際ペン大会に出席した。今回はつごう三度目の訪韓である。

出張の目的はともかくとして、近すぎるからかえって訪れる機会がないのであろう。羽田から金浦まではせいぜい二時間のフライトで、海外というより福岡の先、という気がする。通関の手間がバカバカしく思えるほどである。

同行の編集者も、ガラパゴス諸島には五回も行っているが韓国はなぜか初めてだ、と言っていた。要するに、いつでも行けると思うと、思いのほか足は遠くなるのである。

そういうことならば、これだけは前もって言っておかねばならぬ。「何でもカラいぞ。ハンパじゃねえぞ」と。味覚の問題ではない。産休明けのガラパゴス女史が、三日間のトウガラシ漬けののち授乳に支障をきたしてはなるまい、と気を回したのであった。いやはや、齢を食うと要らぬ節介をするようになる。

そこで、到着した当日の夕食はホテルのレストランなどではなく、コッテコテの韓国家庭料理と決めた。いちおう警告はしたことだし、本人がカラいものは好きだと言うのだから、もはや私に責任はない。

ソウルの下町の、入ったとたん目が痛くなりそうな店を訪ねた。

話は十年前の初訪韓に溯る。

到着した日の夕食のあまりのカラさに、文字通り閉口した。食べながらめまいを感じ、明日からはいったい何を食えばいいのだ、と絶望さえしたものであった。しかも当時の私は多少の「痔主《じぬし》」であったので、翌日の朝はホテルのレストルームで人知れず身悶《みもだ》えするという悲劇まで体験していた。

三年前の慶州においては、覚悟こそしていたもののさほどカラさも感じず、むろん翌朝のひそかな煩悶《はんもん》もなかった。その点については、おそらく同じ韓国でもカラさの地域差があるのだろう、と考えた。

舞台は現実に戻る。板敷きの広間にトウガラシの痛みが立ちこめる、それこそ極めつきの韓国家庭料理店である。

おのれの性癖をサドかマゾかと問えば、明らかに前者である私は、節介ジジイの仮面の裏でほくそ笑みつつ、ガラパゴスの表情を注視した。のけぞり、身悶え、炎に舌を焼かれて倒れ伏すさまを想像したのであった。

食卓につくと、あろうことかガラパゴスはキムチの塊を口にした。たちまちのけぞるかと思いきや、シレッとして「あ、おいしい」なんぞと言う。

もしやガラパゴス諸島は、韓国にまさるトウガラシの産地なのではなかろうか、と疑った。

「あれ？　カラくないのか」

「ええ。思っていたほどじゃないです」

そこで、私も真っ赤なキムチを口に入れてみたのだが、たしかにさほどカラくはない。運ばれてきた料理を次々と試してみても、やっぱりカラくはないのである。

店はたいそう繁盛しており、客の顔ぶれも地元の人々と見える。いったいこれは、どうしたことなのであろう。ガラパゴス諸島はもっとカラいのか、と訊ねるのも飛躍があるので、私なりに以下のごとく熟考した。
①韓国料理がマイルドになった。——文化の多様性が失われて、グローバルスタンダードを指向する昨今、ありうる話ではある。
②日本がカラくなった。——本来わが国には、トウガラシを「南蛮」と称するくらい、カラい食文化がなかった。この十年の間に焼き肉店が急増し、キムチが常食化した結果、私たちの舌がカラさに慣れたのではないか。
③小説家の幻想。——職業がら、現実と想像の区別が曖昧になることがままある。また、みずからの体験をデフォルメして語る悪癖もあると思う。話を盛っているうちに、韓国料理はものすごくカラいと思いこんでしまった、というのはどうだ。
解答はいずれかであると思うのだが、①と②に関しては多様性の喪失という点で好も

しい結論ではなし、最も有力と思える③については、長い付き合いの編集者が答えに窮するところであろう。

まあ、無理に結論を出す必要はあるまい。三つの仮説の複合が正解、カラくなくてもおいしければいいじゃないか、と口には出さずに了簡したあたり、私のメンタリティーは生粋の日本人であった。

翌日、私とともに演壇に立ったのは、ハリウッドの大物、アンソニー・E・ズイカー氏であった。あの大人気海外テレビドラマシリーズ『CSI：科学捜査班』の脚本を手がける人物である。

私は「ラスベガス」「ニューヨーク」「マイアミ」の各篇とも、日本での放送開始当初からのファンで、たぶん一本も見落としていないと思う。ここだけの話ではあるが、かつてラスベガスの『MGMグランド』内にある「CSI：ジ・エクスペリエンス」で、一日じゅうラボのメンバーになりすましていたこともあった。キャップ、Tシャツ、ベストなどのコスチュームは、今も秘蔵している。

しかし、そのシリーズの原作者だとはわかっていても、まさかコアなファンだとも名乗れず、立場上ミーハーできぬのはつらかった。

映像と文学。あるいは脚本と小説。この似て非なる文化の相関についてどのように考えるべきかは、表現者にとっても享受者にとっても、今や歴史的な課題であると言えよう。

実はそうした議論を、私たちはしなければならないのである。

竜宮城と七夕さま

　このごろ、浦島太郎について深く考えている。

　玉手箱を開けてもいないのに、俺はどうしてこんなジジイになっちまったんだ、などというつまらぬ不満ではない。

　善行を認められて竜宮城に招かれた浦島太郎は、めくるめく饗応を受けたのであるが、さて、乙姫様のごちそうとは、いったいどのような献立であったのだろう。

　なにしろ、ロケーションは海の底である。一九五一年生まれ、肉より魚を断然好む私にとって、シーフードメニューは何にもまして喜ばしい。

　だがしかし、目の前ではタイやヒラメが舞い踊っているのである。ショーダンサーをその場で食うというのはありえぬ。タイやヒラメはいかにもダンスが得意そうだが、イメージでいうならカツオやマグロは厨房で働いており、タコとイカはたくさんの手足を使って配膳をしており、みめうるわしいイトヨリやキンメダイは私のかたわらで酌をしてくれると思う。アジやイワシの群れはバックダンサーであろう。

つまり、海の世界を宰領する乙姫様の御殿に、魚料理はあるはずもなく、百歩譲ってウニ、ホタテ、ワカメばかりを供したところで、まさか饗応とは言えまい。

では、魚がだめなら肉かと思いもするが、昔は肉食が戒められていたのだし、海の底に牛や豚がいるとも思えぬ。

すると、せいぜい野菜、果物、菓子類ということになりそうだが、そうしたメニューでは「月日のたつのも夢のうち」とはなるまいし、第一私は酒が飲めぬ。

浦島太郎は竜宮城で何を食ったのか。

この問題は加齢とともに食が細くなるどころか、ほとんど際限なく食い意地の張ってきた私の、ゆるがせにできぬ疑問となっている。

顧みて思うに、この浦島太郎の話は私の人生の折々に異なった謎を提供し続けてきた。

小学生のころは、「亀の背中に乗って竜宮城に向かうとき、どうやって呼吸をしたのだろう」という疑問であった。

中学に入って色気付いてからは、「浦島太郎と乙姫様の関係」について、あれこれ思いをめぐらした。

大人になったのちは、もっぱら玉手箱について考えるようになった。禁忌の箱を開けてしまったために愛する人と別れねばならなくなったこともあり、人生の時間配分は均等ではなく、加速度がつくということも知った。

そして今は、欲望の多くが食うことに偏ったため、かような疑問が生じたのである。

浦島太郎はさておき、もうひとつの案件。

きょうは七月七日、七夕の宵にこの原稿を書いている。ときどき障子を開けて庭を見るのだが、雨はやみそうにない。今年もまた、天の河は水かさが増して、彦星と織姫は年に一度きりの逢瀬を歓ぶことができなかった。

思えばこの日は、たいてい雨が降るような気がする。梅雨のさなかなのだから当然である。

子供のころは七夕飾りの笹竹に、必ずテルテル坊主をぶら下げた。それでもやはり雨が降ると、彦星と織姫がかわいそうでならず、雨空を見上げながら人知れず泣いたものであった。幼いころは一年という時間が、永遠のように感じられたのであろう。

この件についても、いくらか色気付いてからはちがう感慨を抱いた。

どれほど深く愛し合っていても、一年逢わなければダメになってしまうだろう、と切実に考えた。切実、というのは、私自身もそうした形で失恋を経験したからである。

若き日の失恋は多くの場合、決定的な理由を持たない。時間の空白が情熱を冷まし、あるいはたがいを新たな恋へと導いてしまう。

そうした経験を一度でも持つと、一年にいっぺんこっきりの逢瀬はそもそも物語の設定に無理があり、しかも例年のように雨で流れるとなれば、もうダメ、という気がするのである。

しかし、それもこのごろでは、こんなふうに考えるようになった。

きっと天上には、私たちの生活からは計り知れぬ、悠然たる時間が流れているのであろう。牽牛《けんぎゅう》は天の河のほとりに牛を追い、織女《しょくじょ》は機《はた》を織って、一年に一度の逢瀬を待つ。二人は老いもせず死にもしないから、雨が降っても嘆きはしない。いつか満天に星ぼしの冴ゆる夜、鵲《かささぎ》の渡せる橋が天の河の上に架かれば、それでよいのである。

だとすると、この伝説はけっして悲劇ではなく、時を隔て岸辺を異にしても滅びざる愛を、示しているのであろうか。だからこそ人々は、叶わぬけれど滅びざる夢を、五色の短冊に託して笹の葉に結ぶのである。

浦島太郎や牽牛織女の物語を、いつどこで知ったのかはむろん記憶にない。おそらく物心つかぬうちから、祖母が語り、母が読み聞かせ、やがてみずからも絵本で読むようになったのであろう。

幼いころの知的体験は、知識というよりもほとんど肉体の一部になる。だから私は、人生の折々に物語を思い出し、さまざまな解釈をし、おのれが孫に語る齢《とし》になっても、まだあれこれと考え続けている。なにしろ肉体の一部なのであるから、忘れ去るということがない。

私の場合は、その伝説や神話や昔話の延長線上に、小説というものがあった。作家という神ならぬ人間が、勝手に作った物語である。

それらはみな、長い時間が磨き上げた巧みなストーリーと、内包された素朴な思想性において、まったく伝説や神話にはかなわないのだが、生身の人間を描いているという点ではたいそう面白い。そこで、あれこれ読み散らしているうちに、ひとつ自分でも書いてみよう、という気になった。つまり、浦島太郎や牽牛織女の物語から始まる一直線上の人生、という稀有《けう》な例である。

映画やテレビよりも小説が好きだった理由ははっきりしている。小説には具体的な強制力がなく、自分勝手な思考と想像が可能だからである。また、すぐれた小説ほど、その可能性も大きい。

小説に限らず、あらゆる文学は人間の想像力を涵養《かんよう》する。そして、想像は創造の母である。近代アカデミズムにおいて、最も非生産的な分野にちがいない文学が、他の学問に伍して尊重された理由はこれであろう。人間が文学を非生産的なるものとして軽侮すれば、想像力は衰え、あらゆる文化は新たな創造ができずに停止し、退行する。

このごろ問題とされている「読書離れ」の真の弊害は、実はかように重大なものであると思われる。

孫に浦島太郎の物語を読み聞かせながら、祖父は内心、「竜宮城でサシミはねえだろう」と考える。

あるいは、子供に七夕の伝説を語りながら、母はひそかに、「一年に一度じゃ、ダメになるわよねえ」と考える。

そうした豊かな想像が、平和な歴史を繋ぐのである。

ああ、それにしても、竜宮城のメニューは……。

時間の暴力

知らぬうちに花が咲き、花が散った。

いつの間にか若葉が萌え、夏が来た。

夜の明けやらぬうち書斎にこもり、日が昏《く》れてから出てくるので、季節の移ろいがわからない。おまけに書斎は障子を閉て切《た》った密室である。

花鳥風月を描いてこその日本の小説家が、なにゆえかくも自然と隔絶された生活を送っているのかというと、答えは甚だ自明で、要するに仕事が詰まっているのである。

読者にとってはどうでもよい話であろうけれど、老いの愚痴だと思って聞いてくれ。

連載が五本。内訳は週刊誌連載の小説が一、月刊誌連載の小説が三、月刊誌連載のエッセイすなわち本稿が一、である。これらにイレギュラーな単発原稿を加えると、一カ月の総量は四百字詰め原稿用紙で二百枚に及ぶ。むろん「原稿用紙換算」ではない。本物の原稿用紙に万年筆を用いて書いている。

若い時分は倍量をこなしたこともあるが、当時は体力もあり、冠状動脈も詰まってはおらず、何よりもそのほかの仕事がなかった。

月刊誌の締切は月の初めである。したがって四本となれば、前月の二十日ごろから執筆にとりかかり、ひとつずつ片付けて、当月の十日がいわゆる「死線《デッドライン》」となる。その間、前述した密室生活となり、花鳥風月は視野から消える。加えて、週刊誌の締切は恒常的に毎週やってくる。

死線を脱してから次の戦線に立つまでの十日間は、まさか休養ではない。講演やサイン会や、関係諸団体の仕事や編集者との打ち合わせや、何よりも執筆のための資料調べがこの期間を埋めつくす。

長篇小説を月に二百枚のペースで書くのなら、それほど苦にはならない。問題は、まったくちがう物語を四つ同時に進行させねばならず、しかも作家の道徳として、文章には一行も重複や相似があってはならない。

忙しいのはこっちの都合なのであるから、作品の質はけっして落としてはならないのである。

どうしてこんな戦局を迎えたのかと、しばしば机上に俯《うつぶ》して考える。しかし、さほど義理堅い性格ではなく、どちらかといえば非人情である。

つまるところ、私のせいではなく社会事情のせいなのである。世の中全体がものすごく忙しくなり、大量の情報や商品を必要とするようになった結果、今どき自筆原稿を書き、なおかつ生産性のすべてが一個人にかかっているという小説家が、かよう理不尽な生活を強いられるはめになった。

悪い世の中である。

汽笛が聴こえた。

小学校の夏の楽しみは、信州の蓼科《たてしな》高原で五日間を過ごす林間学校であった。四年生のときは汽車、五年と六年はディーゼル機関車に変わったから、私は新宿駅発の蒸気機関車に乗った最後の世代であろう。

昭和三十六年の夏、新宿駅西口にはまだ闇市の色が残るバラック建ての小店が犇《ひし》めいていて、むろん高層ビルは影も形もなく、そのあたりは広大な淀橋浄水場であった。

五日分の米を持って行ったのも、その年まででであったと思う。米だけは配給制であったので、手拭を縫い合わせた布袋に、それぞれの家庭の米櫃《こめびつ》から詰めて、リュックサックに入れた。たいそう重かった記憶がある。

定量はどれくらいだったのであろう。仮に一食一合として、到着日の夕食から帰る日の朝食までひとりあたり一升程度を背負って行った、というところであろうか。

蒸気機関車と持参する米は、翌三十七年の夏に同時になくなった。つまり私の一学年下は、幸か不幸かこの二つの風景を経験しなかった。

そういえば、こんな笑い話がある。

私の母の里は、奥多摩の山上で旅館を経営している。代々の家系は神官で、講社講中のための宿坊が、一般客も泊めるようになったのである。

その家には私と同学年のいとこがおり、海抜千メートルの山を毎日登り下りする苦労な通学を強いられていた。小学校四年生のときに待望の林間学校が開かれたのだが、あろうことか四泊五日が自分の家であった。

それだけならばガッカリですむ。しかし教師は、決まりは決まりなのだから、当日はみんなと同様に米を持参しろと言った。そこで彼は、自宅の米櫃から一升の米を袋に入れ、重たいリュックサックを背負って登校し、ただちに林間学校へと出発した。というか、帰宅した。

自分の家の米を米櫃にザアッと戻したときの虚しさを、彼は還暦を過ぎた今でも折にふれて語る。

ともあれ、それから数年間の世の中の変わりようといったら、実にめくるめくものがあった。昭和三十九年の東京オリンピックに向かって、景気はせり上がり、風景は変容していった。

私が小学校を卒業するころには、新宿駅西口も今とさほど変わらぬ姿になっていたし、蒸気機関車は時代の遺物となって、やがて「ＳＬ」などという聞いたこともない名前を与えられた。

それからの半世紀を回顧すれば、オイルショックだのバブルだのという経済の浮沈はあったものの、社会は概ね順調に発展し、成熟してきたと思える。

夏の旅では、トンネルに入るたびにせわしなく車窓を開け閉めすることもなくなったし、それどころか開け閉めする窓もない。

食いぶちの米を旅先に持参する必要もなく、ともすると食膳に供される米の飯を、まるで毒か何かのように手をつけぬ有様である。

世の中はかくも発展し成熟し、あるいは変容してきた。

と、そこまで考えて、俯《うつぶ》した机上から頭をもたげた。

たぶん昔の作家は、食いぶちの米を背負って旅立ち、山間の湯宿などで花鳥風月を賞《め》でながら、後世に残る名作を書き綴《つづ》っていたのであろう。

時間はゆったりと流れていた。彼の上にも、読者の上にも。

作者は一文字を彫琢《ちょうたく》するように物語を書き、読者は一行もおろそかにせず味わっていたにちがいない。

変容した時間が知らずに形成した歪《ひず》みの部分に、どうやら私は押しこめられてしまったらしい。

しかるに、時間の暴力と戦っているのは、今や誰しも同じであろう。
本日は月初の十日。遥けき汽笛を胸に聴きながら、どうにか今月も死線を越えた。

北京秋天

わが国の随筆は古来、折ふしの自然を背景として書かれるべきものではあるが、今回に限り季節外れの愚をお許し願いたい。

べつだん素材に困《こう》じているわけではない。秋風が立つまでは思い出したくもなかったのである。

これまでもしばしば告白しているように、私はめっぽう暑気に弱く、夏場は冷蔵庫のごとき書斎に立てこもってほとんど外出をしない。だからと言って仕事がはかどるわけでもなく、今が夏だと考えるだけで心が萎えてしまう。体調を崩すのも定めて夏である。まったくここだけの話ではあるが、長篇小説のろくでもない部分とか、出来の悪い短篇はだいたい夏に書かれている。つまり、心が萎え、体調を崩すばかりか、頭までバカになるのだから怖《おそ》ろしい。

そんな私が、あろうことか八月なかばに取材旅行を敢行したのは、新連載小説の都合上どうしても先送りできず、またその数日間しか予定が空いていなかったからであった。

この二十年ばかり、間断なく北京を訪れている。数カ月おきに通い続けている、と言ったほうがよいかもしれぬ。

勝手がわかっているから、この季節でも大丈夫だろうと思っていたのであるが、記憶をたどってみれば、かつて盛夏に訪れて意外な暑さに閉口した覚えがあった。実はそのとき以来、真夏の北京は避けていたのである。

北京市中心部の座標は北緯三十九度五十四分、日本でいうなら岩手県や秋田県の北部にあたる。何となく、冬の寒さは厳しいが夏は涼やか、という気がするが、世界各地の気候が緯度だけで決まるわけではない。

たとえば、温暖なイメージのあるローマは函館とほぼ同緯度であり、パリやロンドンに至っては北海道よりずっと北の、樺太《からふと》と同じ座標なのである。そう考えると、どうやら気候というのは、海流だの地形だのといった諸条件に大きく左右されるらしい。

そもそも北京は、広大な内陸盆地の中のオアシスであった。城砦《じょうさい》都市としての起源は三千年前の周代にまで溯るが、帝都としての歴史はあんがい浅くて、まず十二世紀に女真族の金が、続いて十三世紀にモンゴル族の元が都を営んだ。ともに北方騎馬民族の征服王朝であるから、本国に近い場所という理由である。

やがて漢民族の明が入り、さらに女真族の清がそれに代わった。こうした歴史的事情により、現在の中国の首都は北に寄っているのである。

冬は紫禁城の濠《ほり》もカチンカチンに凍る氷点下の寒さとなり、夏は夏で高温多湿。春には砂漠から黄砂が押し寄せる。こうした苛酷な土地がらにもかかわらず、北京は千年の都であり続けた。

さて、八月なかばの北京は日中の気温三十六度、しかも湿度八十五パーセント。要するに補給した水分が瞬時に汗と湯気に変わる人間濾過器《ろかき》と化し、トイレに行く必要がないほどであった。

ここはもともと砂漠のオアシスなのだと思えば、それはそれで仕方がない。だが、まったくもって予想外であったのは、観光客の多さである。

ご存じの通り、中国は高度経済成長に伴う国民的旅行ブームで、日本ばかりではなく世界中のどこへ行っても、中国人で溢れ返っている。海外旅行がそうなのだから、国内旅行はその百倍ぐらいパワフルなのであった。

炎天下にもかかわらず、天安門広場は観光客で埋めつくされていた。故宮の改札口である午門《ごもん》に向かったが、まだ午後三時だというのに何と定員超過で札止め。係員の説明によれば、文化財保護のため入場者は一日八万人に制限されているらしい。

すぐそこの北京飯店から来たのだが、「日本から来たんだけどダメか?」と、嘘にならぬ程度の泣きを入れたが、やっぱりダメであった。

明日確実に入場したいのなら、今日中にインターネットで予約して下さい、と係員は何だか中国的ではないことを言う。つまり一日八万人という定員は、かなり早い時刻に満杯となっているらしい。だとすると、すでに故宮の中はガラガラだと思うのだが、そのあたりの判断はやはり中国的であった。

この大混雑の原因は夏休みである。春節の里帰りはよく知られているが、夏休みはその逆で、郷里の父母や親類がドッと訪ねてくるらしい。ましてや北京は歴史遺産が多く、前述の歴史的事情により、その白眉たる万里の長城も近い。観光資源が豊かなのである。

ところで、私がそんな思いまでして何ゆえばんたび紫禁城に向かうのかというと、たいていは未体験の編集者が同行しているからである。かつては某航空会社の企画せる、紫禁城ツアーのガイドを務めたこともあり、もともと他人から物を教わるのは大嫌いなくせに、物を教えるのは大好きなのであった。

さて、翌日はネット予約もおさおさ怠りなく、六人の同行者とともに入城したのが朝一番の八時三十分。少しでも涼しいうちに、と考えたからであるが、豈図《あに》らんや午門の前は早くも大混雑であった。

ほとんど中国人である。外国人観光客もいるにはいるが、数万の中国人の中にあってはまったく物の数ではなく、小さな日本人などは埋もれちまっているのであった。

暑い。熱い。厚い。いくらも進まぬうちに、私たちは人間濾過器と化した。

そもそも高い城壁に囲まれ、巨大な建築物がみっしりと詰まった紫禁城は風が通らぬ。だから歴代の清朝皇帝は、夏ともなれば郊外の頤和園《いわえん》やら承徳の避暑山荘に、政府もろとも引っ越したのである。

暑い。熱い。厚い。とうていガイドどころではない。一刻も早く脱出しなければ、命にかかわると思った。なにしろ心臓に持病のある私は、かかりつけの医師から発汗をきつく戒められている。常日ごろから水分補給を心がけ、血液をサラサラにする薬を朝に晩に服用しているのである。

暑い。熱い。厚い。かかりつけの医師からはサウナを厳禁とされているが、まさか紫禁城を禁止されてはいない。しかしそこは巨大なサウナ風呂にちがいなかった。しかも、私がかつて不得手とした、湿式サウナである。

およそ二時間後、どうにか北の神武門《しんぶもん》を出たとたん、一天にわかにかき曇るや沛然《はいぜん》たる驟雨《しゅうう》がきた。靴の中まで汗みずくになっていた私たちにとっては、まさしく慈雨であった。

「何か特別なことをなさいましたか？」

かかりつけの医師は血液検査のデータを見ながら首をかしげた。

帰国直後のことである。二カ月前の検査で懸念されていた数値が、どれも劇的な改善を見ているという。節制とも運動とも相変わらず無縁で、思い当たるふしといえば、人間濾過器と化した北京の旅、わけても故宮サウナしかなかった。しかも現地では、発汗によって失われた塩分とカロリーを補うべく、塩辛くて脂っこい家常菜を山のように食い続けた。むろんいずれも、医師が禁忌とするところである。

「はい。節制と運動を心がけています」

私は偉大なる中国文化のために、珍しく嘘をついた。

今ごろ北京には、宇宙に続くかと思われる秋天が青々と開かれているであろう。これから冬にかけてが、絶好の観光シーズンである。

温泉礼讃

温泉が好きだ。今さら言うのも何だけど。

世の中で好きなものを三つだけ挙げろと問われたら、即座に「温泉、納豆、ミケランジェロ」と答える。

本稿の読者にとっては、さぞかし意外な回答であろう。けっして「競馬、ラスベガス、トーマス・マン」ではなく、「温泉、納豆、ミケランジェロ」なのである。

それはともかく、どうして今さらのっけから「温泉が好きだ」などと書くのかといえば、去ること数カ月前、つまり冬の温泉シーズンに、私にとっては自分史に残る屈辱的な出来事があったからである。

あろうことか、某週刊誌のカラーグラビア見開き四頁にわたって、私のあられもない全裸入浴シーンが公開されてしまった。

数カ月後にこんな話を暴露するのは、私のひそかな自虐性のなせるわざであるのだけれど、もはや現物はどこにもなかろうし、まさかネット上で拡散しているはずもないから、あえて書く気になった。

「名湯十選・現地取材付き」という、おいしい仕事が舞いこんだのは去年の秋のことである。

おいしい。ものすごくおいしい。私自身で好きな宿を選び、日程も決め、しかも夕食時のインタビューから編集者が原稿を起こす。ということは、私はただ温泉に浸かって、飲み食いして、感想を述べればよい。こんな仕事があるなんて、にわかには信じられなかった。

しかし、こうしたときほど色に表してはならぬ。要すれば即答せずに数日の間を取り、「必ずしも私のなすべき仕事ではありますまい」ぐらいの、灰色の返事をする。むろん、その一言で先方が断念してしまったら大変なので、多少の含みを持たせるのも肝要である。

かくして、私の性格を知悉《ちしつ》しているベテラン編集者は「無理強い」をし、私は自尊心を毀傷《きしょう》することなく仕事は成立した。

ただし、ひとつだけ条件をつけた。写真を撮るのはかまわないが、炉端で浴衣着用、もしくは丹前を着て温泉街を逍遥《しょうよう》するショットまで。

その程度ならば、いくらシャイな私でも恥ずかしくはないし、小説家の神秘性も損なわれまいと考えたのであった。

一回目の取材は天下の名湯・草津温泉。「徳川将軍お汲《く》み上げの湯」で名高い『奈良屋』である。同地はご存じの通り上州の深い山ぶところにあり、けっして交通の便のよい場所ではない。にもかかわらず今も昔も絶大な人気を博しているのは、ひとえにその泉質が卓越しているせいである。

ひとッ風呂浴びたあと、お約束通り浴衣の上に丹前を羽織って湯畑を逍遥。なぜこんなジジイがプロカメラマンの被写体になっているのだ、と首をひねる外国人観光客の視線を物ともせず撮影をおえた。

カメラマンにはそれぞれ、表現者としての得意分野があるらしい。人物、風景、食べ物、動物、神社仏閣。かつて知る人の中には、競馬専門とか水中撮影専門というカメラマンもいた。

ということは、温泉のエキスパートもいるのである。老舗旅館の風呂場は撮影が難しいはずである。採光は精妙であり、湯気が充満し、余分な空間はなく、湯口から迸《ほとばし》り豊饒《ほうじょう》に溢れる湯の動きまで捉えねばならない。

同じ表現者のひとりとして、彼がいったいどういうテクニックを使うのか興味を抱き、翌朝、ほかの宿泊客が捌《は》けるのを待って敢行された撮影現場を見学した。

驚くべきことには、さまざまなライティングのほかに、湯気を調整するため大型の扇風機なども使用するのである。そうして人事を尽くしながら、天窓から解き落ちる光や、そよぎ入る天然の風を待つ。なるほど、と感心することしきりであった。

そうこうしているうちに、何だか自分があれこれ条件をつけたことが、申しわけなく思えてきた。そこでふと魔が差し、「やっぱり、入ろうか」と口走ってしまった。

撮影スタッフも編集者も、その瞬間きっと胸の中でガッツポーズを決めたにちがいない。しかし少しもそれを色に表さぬのは、さすがみなさんプロであった。

草津の湯は白濁しているし、ハゲ頭に手拭を載せた顔だけならばかまうまい、と思って湯に入った私は愚かであった。

「いいですねえ。絵になりますねえ。すみません、一段上がっていただけますか」

「肩が見えちゃうよ」

「やっ、肌がおきれいですね。お湯をはじいてますよ。はい、そのまま湯舟の縁に肘を置いて。そうそう、いいですねえ。ついでに手拭を取りましょうか」

「ハゲが……」

「いいえ、その玉の汗の浮きかげんが、とてもセクシーです」

「えっ。そ、そうか?」

「はい、それじゃもう一段上がって下さい」

同じ表現者といっても、小説家は嘘の世界を描き、写真家は真実の探究者であるということに、私は思い至らなかったのである。

かくして、この世にあるまじき六十三歳のフルヌード写真は撮影された。しかもまずいことに、この既成事実に沿って、のちに続く数カ所の取材も行われてしまったのであった。

むろんそのつど、多少の文句はつけた。しかし、疑問を感じても既成事実を追認してしまうのは、日本人の悪しき習性なのである。「今さら後戻りはできない」「始まったものは仕方がない」「揉《も》めてはならない」――おそらくこんなふうにして、日本の近代史は進行したのだろう、と思った。

ちなみに、別府・明礬《みようばん》温泉の泥湯において、混浴露天風呂に浸かる私の周辺に写っている三名の男女は、同行の編集者たちである。無理を言ったのだからラストショットは全員で、という心意気が泣かせる。


私たち日本人は、長い歴史が培ってきた生活様式の多くを、今や失いつつある。畳、蒲団、着物、和食、饗応の精神、米飯のありがたさ、四季の移ろい、分け隔てなき人間の親和性――温泉は私たちの生活から少しずつ失われてゆくさまざまの伝統を未来へと伝える、日本文化の保存装置である。

そうした意味では単なる観光資源ではなく、もっと大きな使命を担っているように思われる。むろん、近年とみに増加する外国人観光客が温泉に魅了されるのは、その点にちがいないのだから、彼ら向きに変容させてはなるまい。伝統という名の既成事実は、温泉においてこそ頑《かたく》なに守られるべきなのである。

そのように考えると、実は温泉ほど世界文化遺産にふさわしいものはない。

あまりに身近すぎ、壮大すぎて看過されているが、何らかの形でこれを登録する方法はないものであろうか。

トリュフの味

昨年の秋の出来事である。

物語に行き詰まって筆を擱《お》き、錦繍《きんしゅう》に色付いた庭を散歩していたところ、ミズナラの木の根方に奇妙なものを見つけた。直径十センチ大の何やらゴツゴツとした黒い塊が四つ五つ、朽葉《くちば》の中から顔を覗かせていたのである。

その瞬間、私は双手《もろて》を挙げて欣喜《きんき》した。紛れもなくトリュフ。フランス料理で珍重される、黒いダイヤ。

森が深くて雨の多い軽井沢はキノコの宝庫なのであるが、まさかトリュフが採れたという話は聞かぬ。どうも近ごろ馬券がよく当たると思っていたら、ついにこんな幸運がめぐってきたか。

興奮してはならない。わが家の庭にトリュフが生えたなんて、噂にでもなろうものなら来年からはひとたまりもなく盗掘される。まかりまちがってもエッセイのネタになぞしてはならぬ、と私は冷静に誓った。

マツタケだってよほど欣喜するであろうに、なにしろトリュフである。フランスにはプロのトリュフハンターが大勢おり、捜索のための「トリュフ犬」や「トリュフ豚」までいるらしい。立派なトリュフはオークションにかけられて、とんでもない値段がつくそうだ。

さあ、どうする。とりあえずそこいらに穴でも掘って、「王様の耳はロバの耳。わが家の庭に黒トリュフ」とでも叫ぼうか。きっと落葉の下には、まだまだたくさんのトリュフが埋もれているにちがいない。ともかく他言してはならぬ。信用のおける編集者と結託して、ネット通販を企画するか。それとも変装して軽トラックを駆り、上信越道碓《うす》氷《い》軽井沢インターチェンジ近くの峠道に、「トリュフ直売」などという看板を並べて、ひそかに売るか。

などと、しばらく夢を膨らませたあと、周囲に人影のないことを確かめてからトリュフの群生に近寄った。

ミズナラの根方に跪《ひざまず》き、天恩に感謝しつつていねいに落葉を取り除いた。まちがいない。両手で抱え切れぬほどの黒いダイヤモンド。

だがしかし、この異臭はどうしたことだ。香り高いトリュフもここまで育つと、尋常ならざる臭いを放つのであろうか。

——というわけで、物事何だっていいふうにしか考えぬ性格の私は、その日めでたく両手いっぱいのイノシシの排泄物を、胸に抱きしめたのであった。

ここで舞台は転換し、数カ月後のバレンタインデーの季節に、私と妙齢の美女が銀座のフレンチレストランで食事をしている、という場面となる。

メインの献立はトリュフソースのステーキ。「妙齢の美女」はイギリスの大女優ヘレン・ミレンでどうだ。

ミズナラの根方の黒い塊がトリュフでなかったことはかえすがえすも無念ではあるが、まさか食事の席で話題にはできまい。

トリュフといえば、私にはけっして他言できない、もうひとつの秘密があった。

実はトリュフという食材の味が、私にはまったくわからないのである。たぶんトリュフの味覚と嗅覚を選別する舌か脳の機能が、そこだけ欠落しているのではないかと思う。嫌い、というわけではない。無味無臭なのだから、うまいもまずいも、好きも嫌いもないのである。しかし、世界中の食通を唸らせているのだと思えば、今日に至るまで「トリュフの味はわかりません」とは言えず、ずっとわかるふりをしてきたのであった。

つまり、ミズナラの木の下でトリュフらしきものを発見して欣喜したのは、べつだん食べたいからではなく、ネット通販とか峠の屋台で、大儲けできると思ったからにすぎない。

トリュフソースがたっぷりとかかり、トリュフのスライスまで添えられたステーキをいただきながら、私は意を決して訊ねた。

「トリュフはお好きですか」

「ええ。大好きよ」

私は落胆した。おたがいミエを張る齢ではないのだし、「実は、よくわからないの」とか言ってほしかった。

私は内心、こんな希望を抱いていたのである。トリュフにはそもそも味も香りもない。ただ、高価な食材であるので、みんなが「わからない」と言えず、まぼろしの味と香りを賞讃しているのではないか。世界中の食通のミエが、トリュフという幻想を生んでいるだけなのではないか、と。

そこで私は、ついに告白したのである。それこそ穴を掘って叫ぶみたいに。

「あの、ヘレン。トリュフには味も香りもないと思うんだけど」

ヘレンはキョトンと私を見つめた。

「あなた、病院に行ったほうがいいわ。味や香りがわからなくなるのって、悪い病気のサインかもしれないわよ」

私は打ちのめされた。トリュフが無味無臭であるのは今に始まったわけではないから、私は病気ではない。するとやはり、世界中で私ひとりだけが、トリュフの豊饒な香味を知覚できないのだろう。

「もしかしたら、ジョークなの？」

「いや、マジ」

私が答えたとたん、ヘレンは無慈悲に笑った。もし彼女がトリュフ幻想の加担者でないのなら、私はとても不幸な人間なのだろうと思った。さらには、トリュフを知覚する神経の欠落ならばまだしものこと、成り上がり者の私には永遠にトリュフの味などわからぬのであろうなどと思えば、自分がみじめになった。

そこで、もうトリュフの話はやめようとしたのであるが、あろうことかデザートにはバレンタインデーにちなんでか、トリュフチョコレートが運ばれてきた。

まさに毒を食らわば皿までの気分で、私は自虐的に言った。

「実は、このトリュフチョコというのも、チョコレートの味しかしないんだけど」

そのとたんヘレンは瞠目《どうもく》し、のみならず銀幕のクイーンにふさわしからぬ大声で笑った。いったい何がそれほどおかしいのか、私にはまるでわからなかった。

「だから、トリュフの味がわからないんだよ」

「ハッハッ、そうじゃないわ。あのね、トリュフチョコはトリュフが入っているわけじゃなくて、黒トリュフに形が似ているだけなのよ。あー、おかしい。もしかして、これもジョーク？」

もしジョークならば、私はきっとスーパージョーカーだろう。しかし、それくらい切実に、私はトリュフの味を知覚できぬ舌と、成り上がり者の卑しさについて思い悩んでいたのである。

言われてみればなるほど、この形には見覚えがある。よし、そこまでコケにするのなら、いっそ昨秋の出来事を暴露して、クイーンを笑殺しちまおうかと考えたが、すんでのところで思いとどまった。トリュフの味などわからなくても小説は書ける。はっきり言って、クソくらえである。

あ、言葉が過ぎたか。もし運悪くお食事中の読者がいらしたら、平にお寛《ゆる》しのほど。

誰だっけ。

人の顔を覚えることが苦手である。

あんがいシャイな性格のせいもあると思うが、子供のころ祖父から「相手の顔を睨《にら》みつけてはならない」と躾けられたせいであろう。ふつうは「相手の目を見て話せ」なのだが、わが家ではそのように教えられていた。

どうやら明治維新から百年も経っていなかった当時、東京の旧家にはいまだ江戸時代の慣習が多く残っていたらしい。つまり子供の分際で父や祖父と対等に視線をかわすのは、不道徳かつ無遠慮とされていたのである。

というわけで、周辺にはすでにお気付きの方も多いと思うが、私は今もきちんと相手の顔を見て話すことができない。わけても初対面の名刺交換の折などは、相手の胸元を見て言葉をかわすのがせいぜいであるから、再会しても顔は記憶にないのである。

それでももともと社交性に乏しく、さほど広い世界に住んでいたわけでもないので、不自由を感じたためしはなかった。しかし年齢を重ねるほどに、自然と交友関係は拡大されてゆく。内心（この人、誰だっけ）と思いつつ、手探りの会話をかわすことしばしばである。

そうした私にとって、いわゆる文壇パーティーの会場というのはまったく油断がならぬ。これは主として大手出版社や新聞社が主催する文学賞の贈賞式のあとに開かれる宴会で、都内のホテルのバンケットルームに、千人もの賓客が集う。あれやこれやで、ほぼ月に一度というところであろうか。

一見したところ無礼講のようでありながら、小説家と編集者にとっては貴重な打ち合わせの場となる。現在連載中の作品についての意見交換をし、別の出版社とは次なる連載の開始時期を詰め、あるいはまた別の編集者と既刊の売れ行きについて頭を悩ます。つまり月に一度、この二時間の立食パーティーの間に、会場を駆け回ってできる限り編集者と語り合い、感想を聞き、計画を立て、営業活動を決定する。むろん駆け回っているると見せて、逃げ回っている場合もある。

編集者のみなさんは、作品の伴走者であり、書物の制作者であり、いわば取引先の担当者でもあるのだから、まさか顔を取りちがえることはない。

ところが、私にとっては戦場のようなこうしたパーティー会場に、しばしば顔に覚えのない、刺客のような人物が現れるのである。

たとえば、こんな具合に。

「やあ、浅田さん。その節はどうも」

たいそうな貫禄の紳士である。背後には何人ものお付きが従っている。ワイングラスを掲げる姿が垢抜けていて、圧倒的な大物感がおのずと漂い出ている。ただし出版社のご重役ではない。

その節って、何だっけ。講演をしたか。いや、社内報にエッセイでも書いたか。待てよ、何かの会合で同席した人かな。

「ああ、どうも。その節はお世話になりました」

などと、私は最大公約数的にまちがいないと思える返答をする。しかし、こういう人物に限って、挨拶だけでは終わらない。

「いつもお忙しそうですなあ。私どものように、仕事を人任せにできないのですからねえ」

口ぶりからすると実業家である。それもたぶん、ものすごい大会社の会長か社長。あるいは銀行の頭取。もしかしたら経団連とか商工会議所とかのトップかもしれない。

誰だっけ。顔は記憶にないのだが、話し方だの存在感だのは、やはり見ず知らずの人ではないのである。

「いえいえ、たしかに生産性は個人にかかっていますが、しょせんは自由業ですからねえ。ハッハッハッ」

と、ふたたび適当な返答をして笑えば、紳士も「ハッハッハッ」と笑って私の肩を叩く。親しげである。しかもそうしたしぐさが少しも不躾《ぶしつけ》に感じられないところからすると、もしかしたら本当に親しい人なのではないかと、私は自分自身の精神を疑った。

「あ、ところで浅田さん。サトウさんはお元気ですかね。しばらくお会いしてないんですが」

まこと抜き差しならぬ質問であった。どうやら共通の知人であるらしいのだが、いくら何でもサトウさんは多すぎる。懇意にさせていただいている出版社の社長がサトウさん。連載中の月刊小説誌の編集長もサトウさん。担当編集者にも二人のサトウさん。小説家だって何人もサトウさん。そのほか友人知人は数え切れない。

「どのサトウさんですか」と訊《き》き返すくらいなら、いっそ「あなたは誰ですか」と訊いたほうが早いような気がしたので、ここも面倒を省いて適当に答えた。

「ああ、実はしばらく私もお会いしてないんですよ。会場のどこかにいらっしゃるんじゃないでしょうかね」

私の交友関係のほとんどは業界内に集約されるので、この回答は最大公約数をクリアしていると思ったのだが、なぜか紳士はジョークでも聞いたように笑った。

「ハッハッ、まさかここにはいらしてないでしょう」

えっ、誰だよサトウさんって。いや、サトウはどうでもいい。あんた、誰？

そんな具合で油断のならぬ会話をしばらくかわしたあと、紳士は大物感たっぷりに去って行った。

今さら周囲の編集者に「あの人、誰?」と訊くわけにもいかぬ。きっと知らぬ人はないくらいの傑物なのであろうと思えば、いよいよ訊けぬ。

これからは初対面の人物の顔を、きちんと見ようと思った。少なくとも祖父の訓《おし》えは、今日的ではない。


維新史にこんな逸話が残る。

ある旧大名が明治天皇に初めて拝謁したとき、「将軍様より偉くない」という感慨を抱いたそうだ。

江戸城内で徳川将軍に謁するときは、大名といえども平伏したままで、けっして面と向き合うことなど許されなかった。よほどの側近か幕閣の重役でもない限り、将軍家の顔は知らなかったのである。

ところが明治になると、謁見は西洋ふうの立礼となったので、天皇と臣下は対面することとなった。「将軍様より偉くない」というのは、けだし実感であったのだろう。

目上の人に対しては、平伏せぬまでも視線はまじえず、胸元のあたりを見ることが江戸時代の礼儀であったという。すなわち「目上の人」である。

明治維新で没落した御家人の裔《すえ》であった祖父は、旧来の礼儀に則ってそう躾けたのだが、一方では学校で、「人の目を見て話しなさい」と教えられた。しかし当時の訓育は明らかに家庭が主で学校は従であったから、私は祖父の教えを優先したのだと思う。

おかげで人の顔を覚えず、あれこれ無礼を働くこととなった。まさかとは思うのであるが、むろん今に始まったわけではない。

加速する人生

つい先日、「明けましておめでとうございます」と言ったはずであるのに、なぜか季節は秋である。

しかし、狐《きつね》につままれているわけではない。花見はしたし、梅雨にも濡れたし、うだるような暑さも記憶している。要するにそれら歳時記が、ギュッと濃縮されているのである。

季節の移ろいは、さよう冷静に考えておられるが、一日の過ぎる速さといったらほとんど怪異で、空のしらむころ書斎にこもったと思ったら、次の瞬間には夜の帳《とばり》が落ちており、しかも原稿はいくらもものにしてはいない。

なおも奇怪なことには、その間によちよち歩きの娘が絵本を抱えてやってきて、

「ご本、読んでちょうだい」

とせがむので、

「ご本を書いちゃったら、ご本を読んでやるから待っててね」

などと答えた。言ったとたんに筆が止まり、おそるおそる振り返れば、背後にちんまりと座っているのは娘ではなく、その娘の娘なのであった。

実に奇怪である。つまり、つい先日そっくり同じやりとりをかわしていた娘は、すでに母親になっており、世間では孫とか何とか言うらしい幼児《おさなご》が、そこにおるのである。

「ご本、いつ書きおわるの？」

「えーと、わかんないよ」

「シメキリ？」

「………。」

そう、ついこの間のような気がする三十年前にも、同じ会話をかわした。むろん当時は原稿の締切などとは無縁であったのだが、活字になるはずもない小説の締切日は、自分勝手に定めていた。理由のひとつは、未来の注文に応ずるための訓練であり、もうひとつは面倒な育児を放棄するためであった。

娘からそのまた娘へと申し送られた「シメキリ」の免罪符は、今日でも有効なのである。

少年老い易《やす》く学成り難し
一寸の光陰軽《かろ》んずべからず

未だ覚めず池塘《ちとう》春草の夢
階前の梧葉《ごよう》すでに秋声

あまりにも有名な朱熹《しゅき》の『偶成詩』である。若者はすぐに年老いてしまい、学問は成就しがたい。わずかな時間さえも軽んじてはいけない。池のほとりで草花をめでているうちに、階段の前の青々とした葉も秋色に染まってしまう。

江戸時代には朱子学が学問の主流であったから、朱熹のこの詩が最も多く取り上げられたのであろうが、同様の主旨の詩文は枚挙に暇《いとま》ない。

盛年重ねて来たらず
一日《いちじつ》再び晨《あした》なり難し
時に及んで当《まさ》に勉励すべし
歳月は人を待たず

若く盛んな時代は二度とやってこない。一日にふたたび朝がくることはない。だからそのときにこそ学問に励みなさい。歳月は人を待ってはくれないのだから。

陶淵明『雑詩十二首』の一。朱熹より約八百年も前の人であるが、主旨は同様である。

両者ともに若くして官途に就いた英才であるから、それなりに説得力はある。しかしそれはやはり穿《うが》った読み方であって、言わんとするところはともに、「人生の加速度」であろう。すなわち、年齢を重ねれば誰しもが実感する怪奇現象について、彼らは詩文に託することができたのである。

人生はたしかに加速する。これはいったい、どうしたわけであろうか。

小学生のころの夏休みは永遠に続くかと思われるほど長くて、これが同じ夏であるとは、とうてい信じがたい。また、いくらか成長して、生来の文系アタマが因数分解の壁につき当たったときの授業が、近ごろのボディマッサージと同じ時間であるとは、どうしても思われぬ。

この現象については、フランスの心理学者であるピエール・ジャネの学説が知られている。人生の一時期における時間の心理的な長さは、年齢に反比例するという説である。たとえば、十歳の少年の一年は人生の十分の一だが、六十歳の一年は人生の六十分の一に過ぎぬから、心理的には短く感じられる、というのである。

ううむ。わかったような、わからないような。だが、二十歳、三十歳、四十歳、五十歳と、わが人生の折ふしにこの公式を当てはめてみれば、なるほど、という気がする。

しかも、当時の苦楽や浮沈とは、ほとんど関係がないように思えるのである。つまり、楽しい時間はさっさと過ぎ、苦しい時間はゆっくり移ろう、というわけではないらしい。

そうこう考えれば、やはりジャネの法則は得心ゆかぬ。人間の幸福を求めるのであれば、若い時分の努力の結果としてもたらされた老境こそ、ゆったりと過ぎてもらわねば困る。一時間かけてこしらえた料理を、たった五分で平らげるような理不尽を、神様が用意したとは思いたくない。

一方、このジャネの法則に対抗するのが、「経験量の理論」である。誰が唱えたかは知らぬが、これもまた、なるほどと思える。

さまざまな経験を積み重ねているうちに、人生には未知の部分が少なくなり、新鮮な感動を覚える機会も減ってしまう。なおかつ能動的な挑戦もしなくなるので、生活の中の可測領域が増えてゆく。わかりやすく言うなら、通いなれた道は近く感ずるが、初めて歩く道は遠いのである。

この理論が正しいのなら、人生の加速を止めることはできる。まず、おのれの生活から日常性を排除し、むろん齢相応のミエだの体面だのはかなぐり捨て、体力気力の有無など忘れて、何でもよいから目新しいことをすればよい。

まあ、そうは言っても今さら燃えたぎる恋もあるまいし、へたな道楽に打ちこめば身を滅ぼす。ならば後先かまわず失踪して、無計画な旅に出るというのはどうだ。たぶんその間は、人生の加速が止まる。

かにかくに、先人の遺した「一寸の光陰軽んずべからず」も、「歳月は人を待たず」も真理であったと思い知る齢になった。

さほど時間を大切にしてきたわけではないが、掌《て》の中の匣《はこ》に光陰や歳月を捧げ続けているきょうびの人々の姿には、痛ましさを感ずる。

ご本人はそうと気付かず、実に池塘春草の夢を見ているのである。

高麗屋inラスベガス

はてさて、何か大切なことを書き忘れていると思ったら、昨年の夏休みにラスベガスで目のあたりにしたすばらしい出来事について、まだ報告していなかった。

ついに百万ドルの大当たりを叩き出した。

と書きたいところであるが、なわけはない。仮にそうであったとしても、当局から一時所得と認定されるような幸運を、エッセイに書いちまうバカはおるまい。

正しくは、百万ドルを支払ってもいいくらいの体験をしたのである。

現地滞在中に勧進元の松竹さんから電話が入り、お芝居の席を用意してあるので、明晩ぜひお越しをとのこと。

「やあ、残念ですけど、今は休暇を取ってラスベガスなんですよ」

常宿にしている『パラッツォ』のプールサイドであった。ところが、残念も何もそれは歌舞伎座の話ではなく、ラスベガスにおける公演だというではないか。

とたんに私はサングラスを放り投げて、デッキチェアから身を起こした。

ラスベガスに通い続けて二十年以上、なおかつ歌舞伎座に通い続けて五十年以上、そのラスベガスで歌舞伎の公演があるという一瞬に、私がたまたま居合わせるのだからまさしく奇跡であった。

演目は七代目市川染五郎（注・当代松本幸四郎）主演の『鯉つかみ』。噴水ショーで有名な『ベラージオ』の湖に舞台を特設するという。つまり、湖に面した長さ一キロメートルぐらいのラスベガス・ストリップが、そのまま立ち見席になるそうである。まるで想像を超えているが、とりあえずシルク・ドゥ・ソレイユとディナーの予約はキャンセルした。それどころではあるまい。

雲ひとつない夏空を見上げながら、しばらくの間、私はぼんやりとこの奇跡について考えた。

私の祖母は歌舞伎が好きだった。

「明日は芝居《しばや》に行くよ」

そう宣言されると、翌日の学校は休みになった。ゆえあって血縁がないのだが、祖母は私をたいそうかわいがってくれて、どこに行くにも一緒だった。

たぶん物心つくかつかぬかのうちから「しばや」のお伴をしていたと思うのだが、私には退屈したという記憶がない。今の子供らが、映画館でアニメを観るような気分だったのであろう。

席は上等な桟敷であったり、椅子席であったり、大向こうの高みであったりしたが、むしろあちこち角度や距離を変えて美しいものを観ることが楽しかった。

今もありありと瞼《まぶた》に残る舞台がある。子供心にもよほど感動したのであろうか。

演目は『先代萩』で、「政岡」役が祖母の贔屓《ひいき》にする六代目中村歌右衛門であったことはまちがいない。

のちになってこの日の出来事を短篇小説にするため、昭和三十四年から三十五年の『先代萩』について調べた。よってこの当日の配役はおそらく、八代目松本幸四郎の仁《に》木《っき》弾正《だんじょう》、十七代目勘三郎の細川勝元、八代目三津五郎の渡辺外記《げき》であったと思える。

まさしく夢のような顔ぶれである。こうした名優たちの競演を瞼に灼《や》きつけることのできた私は、つくづく幸運な少年であった。

半世紀以上も昔の話であるから、すでにみなさん故人となられたが、ラスベガスの舞台を踏む染五郎丈は、思えば私の中の『先代萩』で仁木弾正を演じた、八代目幸四郎のお孫さんである。

ベラージオはラスベガスのシンボルとも言えるメガリゾートである。

かつては私もこのホテルを利用していたのだが、あまりに負けが込んだのでストリップ北の『ヴェネツィアン』へ、さらにその隣のパラッツォへと河岸を変えた。にもかかわらず、貧乏神はどこまでもあとを追ってくる。

ベラージオの湖の上に舞台が浮かんでいた。ラスベガスに「深夜」だの「真夜中」だのという言葉は存在しない。舞台の正面に設けられた観覧席に招いていただいた。湖岸は黒山の人だかりである。のちの発表によると、延べ十万人が観たらしい。むろん観劇無料の大盤ぶるまいである。

やがて闇の彼方から、灯《あか》りをともした二艘の小舟が湖面を滑ってきた。上手《かみて》から染五郎さん扮する若衆「志賀之助」、下手《しもて》から中村米吉さん扮する「小桜姫」の、幻想的な登場である。岸辺の喝采はしんと静まり、ラスベガスの喧噪《けんそう》のすべてが遠ざかったように思えた。

日本の風景を映しこんだ噴水を極彩色の書割にして、『鯉つかみ』の華麗な舞台が幕を落とした。

外国人にはストーリーもセリフも理解できまい。だが、感動は等しく共有できるはずだった。なぜなら、八歳か九歳の私がそうであったからである。かつて私は、舞台の絢《けん》爛《らん》に心奪われ、役者たちの肉体の動きから理屈抜きに人間の「情」を汲み取って、少しも退屈することがなかった。

すなわち、長い時間をかけて大衆が磨き上げた歌舞伎は、教養や階層とはまったく関係なく、観る者に等しい感動を与えるのである。思えば祖母も、花街に育った読み書きのあまり得意ではない人であった。

学校を休ませてまで孫を芝居に連れて行った祖母は、世間なみの見識を欠いていたのであろう。しかし私は、その人を預言者とした尊い教えを、歌舞伎の舞台から授かったような気がする。

染五郎丈が舞台を飛び降りて、湖面に水しぶきを立てながらの大立ち回りでは、あちこちから「高麗屋！」の掛け声がかかった。


祖母が亡くなったのは、『先代萩』を観たその年の夏であったろうか。

大向こうの一等前で手すりにしがみつき、私は「成駒屋！」と声を上げた。消防法も何もいいかげんな時代の話で、祖母は客席の階段に腰を下ろしており、私を膝前に抱いていたように思う。

咽頭癌《いんとうがん》を患っていた祖母にかわって、贔屓の歌右衛門に声援を送ったのだった。よほど間がよかったのだろうか、周囲が大笑いになって、恥ずかしい思いをしたことはよく覚えている。

気丈で医者嫌いであった祖母は、すっかり声が潰れて対話に事欠くようになっても、病院に行こうとはしなかった。そして咽《のど》を潤す飴《あめ》を、しばしば私の口にも入れてくれた。

そうこう思いを致せば、やはりあの『先代萩』は、祖母とともに観た最後の舞台であったのかもしれぬ。それを子供心に予感して、ことさら瞼に灼きつけ、祖母にかわって声を上げたのかもしれぬ。

ラスベガスにおける公演は大好評で、早くも再演が決まったらしい。その折にはぜひとも紋付袴《はかま》で、駆けつけたいと思っている。

鬱《うつ》と鬣《たてがみ》

著作が刊行されるたびに、書店さんでサイン会を開催していただく。

私にとって読者は未知の存在なので、わずかな時間であってもお会いできるのは楽しい。中には感想を語って下さる方も、ていねいなレポートを提供して下さる方もあって、とてもためになる。

また同時に、ひとつの仕事をおえて次の作品にとりかかるという、節目の儀式でもある。新刊一冊につき三カ所として、多い年には十回もサイン会を開催する。それだけでも自分の名前を千回、併せて「為書《ためがき》」と呼ばれる読者の名前を千回書くことになる。まあ、自分の名前はともかく、他人様《ひとさま》の名前を年に千回も書くという仕事は珍しいであろう。「浅田次郎」というペンネームはサイン会に向いている。画数が少ないうえ、毛筆を用いたとき崩しやすい。「武者小路実篤」はさぞかし大変であったろうと思う。まさか書店の店頭でサイン会を催したとも思われぬが。

それでもくたびれてくると、為書の姓名が気になる。たとえば「田中一夫」さんや

「小川弓子」さんだと、余った力で抱きしめたくなる。一方、最も暗い気分になるのは、「齋藤」さんである。

俗に「なべぶた齋藤」と呼ばれるこの「齋」の字は、いまだに筆順がわからず、なおかつどううまく書こうとしても形にならない。しかし、父祖から伝わる大切な姓であるから、けっして異体同義の「斎」を用いてはならず、ましてや意味のちがう「斉」は言語道断である。

もともと「齋」は、神に仕える巫女が髪飾りをつけている姿の象形で、「ものいみ」「つつましさ」の意がある。「斉」はその象形こそ同じだが、「そろう」「ととのう」が第一義となる。

ありがたいことに「なべぶた齋藤」さんたちはたいてい、「簡単なほうでいいです」と言って下さるのだが、文字を書いて食っている身としてはそうもいかない。意地でも「齋」と書く。近ごろはいくらか格好もついたので、「ものいみ斎藤」さんがくると、「なべぶたじゃないでしょうか」などとこちらから訊ねる余裕もできた。

私が読書に親しみ始めたころは、まだ「旧漢字旧仮名遣い」の書物が多くあった。徹底して黒板に旧漢字を書きつらねる、立派な教員もいた。おかげで今も古い史料は苦にならないし、作品中に昔の手紙文や新聞記事などを活用することもできる。

むしろ繁雑な旧字体のまま、今日も使わねばならぬ漢字には閉口する。たとえば「鬱」。まこと憂鬱な漢字である。太字の万年筆で手書きをしているので、毎度原稿用紙の枡目を四つぐらい潰してしまう。いくらか簡単な「欝」は俗字であるから、使用すれば必ず編集者の赤ペンが入り、「正字・鬱」と訂正される。それも癪《しゃく》なので、初めから原稿用紙を潰すのである。

この厄介な漢字は、あんがい出現頻度が高い。「鬱蒼《うっそう》たる」「鬱勃《うつぼつ》とした」「沈鬱な」等々、まあ五十枚の短篇で一度は登場するであろう。

さらに手強い漢字がある。

「竈《かまど》」。時代小説ではどうにも避けがたい文字である。平仮名で「かまど」と書けば、前後の文字配列によっては読みづらくなるし、片仮名の「カマド」では清浄な台所の雰囲気が損なわれるような気がして、私はいちいちこの文字を使用する。何度書いても形になったためしがなく、原稿用紙の四枡を潰すどころか、欄外に引き出して大きく「竈」と記すのが常である。

ちなみに「黽《びん》」はカエルの象形で、竈神は年の末に昇天して家族の一年の功罪を上帝に報告すると言われ、畏れられた。「竈」は炉の灰の下に密告者のカエルが蹲《うずくま》っている形である。

「鬣《たてがみ》」。これも避けられない。侍も馬賊も軍人も、みんな馬に乗っているから仕方がない。本来は下部の「鬣《りょう》」だけで同義なのだが、どういうわけか頭髪を表す「髟」が乗って、この奇怪な、確実に原稿用紙の縦二枡を占める漢字が常用されるようになった。おそらく「鬣」は「鼠《ねずみ》」の姑息《こそく》なイメージと混同するからであろう。

たしかに、武将が威風堂々と駒を進めたり、馬賊の頭目が草原を疾駆する場面には、「たてがみ」も「タテガミ」も「鬣」も適切ではなく、やはり豊かな「鬣」が風に靡《なび》かなければなるまい。

そこでいちいちこの繁雑な漢字を用いるのであるが、何べん書こうと自信が持てぬので、馬賊が主人公である拙著『中原《ちゅうげん》の虹』全四巻の執筆に際しては、たぶん百回以上も辞書を引いたと思う。

とりあえず思いつくままに、「齋」「鬱」「竈」「鬣」を列挙したが、この類の漢字はほかにいくらでもある。

ここまで書いて、本稿の校正にあたる編集者の苦労を思い、胸が痛んだ。

最古の漢字が確認されているのは、殷《いん》の甲骨文である。以来三千年余りにわたって、社会の要請による改良が加えられ、今日に至っている。アルファベットとはちがって、ひとつひとつの文字が、形と音と意味を有する固有の世界であり、その集合が文章という宇宙を構成する。さらにはその宇宙が詩に化成し、長大な物語となる。

小説とは何か、と考えるとき、私はまずもってこの定理を溯行《そこう》する。小説の母は詩であり、詩の要素は文章であり、文章は文字に分解される。つまりその定理を確実に踏んでこそ、小説は成立し、あえて虚構をなす罪が赦《ゆる》されると思うのである。

日本語の始原は今もって定かではないが、中国から移入された漢字を巧みに応用し、仮名文字を発明して言葉の道を拓《ひら》いた。とても平易で、柔軟で、合理的な言語であろうと思う。

かつて識字率が高かったのはその平易さゆえであり、諍《いさか》いを厭《いと》う国民性はその柔軟な表現力の賜物であり、科学の発達は正確で合理的な記述に負うところが大きい。

しかしその一方、私たちの先人は漢字を畏敬し続けた。日本語の母体が漢字であるということを忘れなかったのである。だから繁雑な漢字が便宜的に改良されていっても、これだけは譲れぬという文字が、今日も残っているのではあるまいか。

ひたすら進化を求めるのであれば、一九五〇年代に中国が簡体字を制定したように、あるいは韓国語から急激に漢字が減少していったように、日本語にも大きな変化があったはずである。

「齋」「鬱」「竈」「鬣」。これらはパソコンを叩けば容易に現れる漢字なのだろうが、先人たちの見識に思いを致せば、どうしても軽々に扱うことはできない。

习と丰

前章で小説家泣かせの難漢字について書いたが、よく考えてみれば、きょうび手書き原稿の作家は数えるほどであり、ましてや一般読者が「鬱《うつ》」だの「鬣《たてがみ》」だのという字を書く機会は、まずないであろう。

とんだ愚痴をこぼしてしまったと、反省しきりである。

そこで今回は、難しい漢字ではなくて、簡単すぎて意味のわからない漢字について書こうと思う。すなわち、いかな漢字博士であろうと困惑する、中国の「簡体字」についてである。

ご存じの通り、台湾や香港では私たちとほぼ同じ「繁体字」と呼ばれる漢字が使用されているが、中国本土では一九五〇年代に創始された「簡体字」によって、書物や街なかの看板が表記されている。つまり、台北では「漢字」だが、北京では「汉字」と書く。

二十年ほど前に、意気揚々と近代中国を舞台にした小説を書き始めたはよいものの、私を待ち受けていたのはこの簡体字という障害物であった。

中国の新しい資料が読みこなせないのである。現地取材に出ても、まるでクイズの迷宮を歩いているようなていたらくであった。

実は中国語をきちんと学習していない。中学生のときの漢文の授業を入口にして、あれやこれやと中国の文学や歴史に親しんできたのだが、いざ物語を書く段になって、目の前に「簡体字」という思いがけぬ地雷原が拡がったのである。

ついでに意外な告白をすると、私はシリーズ第一部の『蒼穹《そうきゅう》の昴《すばる》』を書きおえるまで、中国には行ったためしがなく、中国版簡体字の資料はただの一冊も持たなかった。しかるにその小説が望外に売れたので、版元がご褒美と次回作の取材を兼ねて、北京に連れて行って下さったのである。

空港に降り立ったとたん、私の目は簡体字がまるで解読できず、併記された英語を頼っていた。こんな現実も知らずに、よくもまあ小説など書いたものだという恐怖心で、足がすくんでしまった。

本章の表題には、あえてルビを振っていない。「习と丰」。どうにも記号にしか見えないが、これらはれっきとした漢字である。

正解は「习」が「習」。「丰」が「豊」。前者が繁体字の一部分を使用したということはわかるが、後者はどのようなルールに則ってそうなったか不明である。

常用漢字の多くが簡体字化されているので、その数は夥しく、マスターする方法といえば、丸暗記をするか体で覚えるほかはないであろう。そこで、そもそも勉強の苦手な私は、これらを楽しいクイズだと思うことにした。

おそらく、日ごろからあまり漢字に興味がなく、はなから記号的な認識をしている人は簡体字の覚えも早いであろう。しかし、読み書きの好きな人ほど混乱するはずである。そうした向きは、クイズだと思うほうがよい。

「习」のような部分使用のパターンは多い。たとえば「業」は「业」、「親」は「亲」、「郷」は「乡」、「飛」は「飞」というように簡略化される。一部分から全体を推理するのは楽しい。レストランのメニューに登場する「面」の繁体字は「麵」である。一部分にはちがいないが、とうてい想像できないものとして、「広」が「广」。「廠」は「厂」。これらは表記頻度が高い分、代表選手の栄冠を獲得したらしい。

また、一部分ではないが全体の形から想像して、何となくわかるというものも多い。「為」が「为」、「歓」が「欢」、「農」が「农」、などである。あれこれ考えたあげく、街なかの「农业银行」を「農業銀行」と解読したときは、思わず快哉の声を上げた。

さきに漢字にこだわる人はかえって混乱すると書いたが、中には草書体を利用したパターンもあって、その場合は書道の心得のある人にはむしろわかりやすい。「書」が「书」、「楽」が「乐」、「車」が「车」、「伝」が「传」などである。このあたりは漢字の国の面目躍如というところであろう。

しかしその一方、いくら何でもこれは略しすぎ、と思う漢字もある。たとえば、「陽」が「阳」。そりゃ、わかりますよ。だが、もののついでに「陰」が「阴」なのだから、まったくクイズである。

ここまで書いて、前章同様、編集者の苦労を思いやる。これほど手間のかかる原稿はそうそうないであろう。

編集者泣かせの手書き原稿は情け容赦なくさらに続くのである。

日本人にとっての大きな障害として、簡体字化された字体が、日本語としてすでに存在する、という問題がある。

たとえば、「機」が「机」。空港がどうして「机场」なのだと考えれば、気が気ではない。「葉」が「叶」。いったいなぜこう略されたのかはわからない。もともと「叶《シエ》」は「葉《イエ》」と発音もちがうし、意味は日本語の「かなう」と同じはずである。また、「葉」は中国人の姓にも多いが、名刺を拝見したとき「叶さん」と「葉さん」ではだいぶイメージが異なってしまう。

「艺术」。故宮博物院の展示場や、琉璃廠《リウリイチャン》の街角でよく見かける熟語である。さて、どういう意味であろう。

答えは「藝術」。日本流の新字である「芸」は、「蕓」の簡体字であり、こちらは柑橘類の香草をさすらしい。古来この「蕓香《うんこう》」を書物に挟んで虫除けにしたことから、転じて「蔵書」「書斎」をいう。だとすると、「文芸」という略し方もまんざらではあるまい。

一方ありがたいことに、日本の新字体と中国の簡体字がたまたま同じ、というケースも数多い。「萬」が「万」、「醫」が「医」、「國」が「国」などである。これらは前後の簡体字を推理するうえでのヒントとなる。

しかし、「歳」の簡体字は「才」ではなく、「岁」である。「才」の繁体字は「纔」という難しい漢字で、これはまさしく「才能」「能力」をさすほか、「今しがた」「やっと」「わずかに」などという副詞としての意味を持つ。

「才」の正体を探って、この「纔」の一字にめぐりあったとき、私は漢字というもののすばらしさあらたかさに心打たれた。

日本と中国の「才」という文字をめぐる解釈は、一見まったく異なるように思えるが、実はそうではない。人間は長い「歳月」を経て「やっと」、おのれの能力を掘り当てるのである。

路傍にこんな美しい花を見つけることができるのだから、回り道も独り歩きも悪いものではない。

学生街の喫茶店

中学生のころ、神田駅の近くに家があった。

戦後の闇市で一旗揚げた父は、カメラの卸問屋を経営していたのだが、「カメラなんざもう行き渡っちまったろう」と言って、ある日突然、商売替えをした。

新しい稼業は喫茶店である。駅前の土地にビルを建て、地下から二階までが店舗という、当時流行した「マンモス喫茶」であった。

まことに破天荒な人物であった父は、商売替えと同時に家族も総入れ替えした。つまり、ハードを交換したついでにソフトまで何の未練もなく入れ替えるという、およそ信じがたい荒業であった。

旧来の家族《ソフト》のうち、私ひとりが温存された理由は、父のお気に入りだったからである。そうは言っても、通り一遍の人情ではない。まあこいつなら、学校の成績はまんざらでもないし、体は丈夫だし、手先が器用で金勘定もセコいから使い途《みち》があるだろう、というところか。

かくして中学生の私は、ビルの三階に住まう新規ソフトとは一線を画して、屋上に設置されたプレハブ小屋に暮らし始めたのであった。

東京は神田駅前の喫茶店の倅《せがれ》、などといえば聞こえはいいが、思春期の環境としてはかなり劣悪であった。人間関係は難しいいし、多忙な時間帯には店からお呼びがかかるし、屋上のプレハブ小屋は牢獄のような暑さ寒さであった。

そこで、しばしば脱走した。行き先は決まっていた。同じ神田でも少し離れた、学生街の喫茶店である。思えば、喫茶店の倅が近所の喫茶店に避難するというのも、ずいぶんさもしい話なのだが。


神田は広い。神様に供えるお米がさほど必要だったかと疑うくらい広い。なにしろ麴《こうじ》町《まち》区と合併して現在の千代田区になるまでは、「神田区」だったのである。

ごく大まかにいえば、神田の東側は問屋街とオフィスビルの商業地で、西側が大学や書店街の文教地区。まったく色が異なる。つまり私は、当時のベルリンみたいに同名異風の東神田と西神田を、ひそかに往還していたのであった。

靖国通りを歩くうちに、空気が変わってくる。行き交う人々まで変わる。小川町の十字路を渡れば、その先には私が憧れてやまぬ、言葉の海が豁《ひら》けた。

いったい、あの心のときめきは何だったのだろう。

文学、などというたいそうな意識はなかった。多くの人々の手垢に染まった書物。その中にぎっしりと詰まった言葉に、私は恋いこがれていた。

人間は書物から言葉を汲み取ってみずからの知識とする。しかしその言葉はけっして涸《か》れず、どれほど汚れようと穢《けが》れることなく、新たな人間を待っているのである。

そうした無窮の言葉の海が、神田の古書店街であった。

江戸時代の古地図によると、東神田は町人地であるが、西神田は武家地である。武家屋敷は大小にかかわらず個人の所有ではなく、幕府からの拝領屋敷であったから、明治維新後は政府に接収され、近代国家の首都機能として活用された。東京遷都の最大の理由はこれであろう。

霞が関の大名屋敷はいち早く官庁街になった。同様に西神田界隈に犇《ひし》めいていた旗本屋敷の跡地には、大学や専門学校が造られた。そしてその門前の電車通りに沿って、書店や古書店や運動具店ができていった。

私の道順はあらまし決まっていた。まず小川町の交叉点から駿河台下まで、古書店を覗きながら歩き、三省堂の本店で長いこと立ち読みをした。新刊は高くて買えないが、大きな書店では立ち読みに文句をつけられることがなかったからである。

代金を支払って買う書物といえば、古書店の店頭に並べられた、三冊百円の文庫本であった。そして、厳選したそれらを宝物のように抱えて、裏通りの喫茶店に入った。コーヒーは百円が相場であったろうか。

ほの暗い店内には低くて柔らかな椅子が据えられていて、小さなテーブルの上に、読書用としか思えぬランプシェードが吊り下がっていた。クラシックかモダンジャズの、深くてくぐもったレコードが流れ、学生たちの青臭い議論も、耳には障らなかった。同じ喫茶店でも、父の経営する店とはまるでちがっていた。人も時間も、コーヒーの味までもが寛容であった。まるで、どのような利益にも先んじて、知の供与が使命であると信じているかのように。

私は一杯のコーヒーと文庫本で何時間も過ごし、またちがう喫茶店を訪れた。そんな行きつけの店が何軒もあった。中学生の休日の過ごし方としては、ずいぶん贅沢だとは思うが、べつだん何の趣味があったわけではなく、小遣いの使い途はほかに知らなかった。

父の経営する喫茶店は、そののち二十年ばかりで閉店した。

倅が思いのほか役立たずであったせいもあろうが、事業形態が時流に合わなくなったのである。

コーヒーメーカーなる利器がオフィスにまで普及し、ファストフード店で安価なコーヒーを売る時代となっては、大勢のボーイやウェイトレスが働く「純喫茶」など、やっていけるはずはなかった。

　東京の街角から次第に喫茶店が消えていったのも、大方は同じ理由であろう。やがて、セルフサービスのチェーン店がコーヒーショップの地位を確保し、「喫茶店」という名称すらも死語と化していった。

　学生街の喫茶店もずいぶんなくなってしまったが、神田の裏通りには今も何軒かの店が、昔日とどこも変わらぬ佇まいで営業を続けている。コーヒー一杯の値段には限度があるから、さぞかし割に合わぬ商売であろう。やはり「利にまさる知の供与」という信念がなければ、続けられるはずはない。

　先日、久しぶりに訪ねた喫茶店のレジの脇に、募金箱が置いてあったのには胸が詰まった。恵まれない人への募金ではなく、店を存続させるためである。

　貧しかった時代に、学生街の古書店と喫茶店で知を授かった人ならば、誰も看過することはできまい。

　このごろ機械と対話している若者たちの姿を見るにつけ、私があれほど憧れた言葉の海は、とうとう干上がってしまったのだろうかと思う。せめてちがう形に変わったのだと信じたいが、おそらくそうではないだろう。

　安易な情報を知と錯誤し、責任を負う必要のない発言の応酬を、議論だと考える世の中になった。
消えてしまった喫茶店が、正当な知を育み論を養う拠点であったことはたしかである。

納豆礼讃

今を去ること四十数年前、国民がやたらに情報を共有せず、地域文化が健全な多様性を持っていた時代の話である。

浪人中の予備校で親しくなった友人のひとりに、朴訥《ぼくとつ》な九州男児がいた。早稲田も慶應も合格したのだが、どうしても東大と思い定めて浪人したつわものであった。

納豆を食べると頭が良くなるというけれど、ごはんには合わないな、と彼は言った。

そんなはずはない。炊きたてのメシに納豆というのは、およそ考えうる限り最高の相性だ、と私は反論した。三食それでもかまわない。ただし、そういう私は早稲田も慶應も落ちたから、頭が良くなるわけではないと付言もした。

御茶ノ水か水道橋の、ほの暗い喫茶店であった。かたわらに熱帯魚の泳ぐ水槽があり、店内には暗鬱なベートーヴェンが流れていた。私たちはしばしばそうして、不毛な浪人生活を癒やしていた。

親から期待され、しこたま仕送りを受けているが東京の右も左もわからぬ彼と、親からは勘当同然だが東京のことなら何でも知っている私は、奇妙な扶助関係にあった。つまり、納豆について正しい指導をするのは、私の務めであった。

よくよく話を聞いてみると、彼がひどい誤解をしているとわかった。

何と、甘納豆を納豆だと信じて、炊きたてごはんにかけて食ったのである。たしかに合わない。考えただけでもまずい。しかも彼は、うろ覚えの知識に則って、甘納豆に葱と醬油《しょうゆ》を混ぜたという。オエッ。

そこで私は、彼をそこいらの食料品店に連れて行き、甘納豆ではない納豆を教えてやった。ついでに削り節まで買わせたのであるから、万全のナビゲーションであった。

しかし、どうせなら下宿までついて行って、食べるところまで面倒を見ればよかった。食文化の決定的なちがいは、「万全のナビゲーション」などでは埋まらなかったのである。

翌日、友人は教室で私の顔を見るなり、こう言った。

「ひどい店だ。きのうの納豆は腐っていたよ」

悪臭は芬々《ふんぷん》たるもので、糸まで引いていたそうだ。

あいにく昔の出来事なので、そのとき私がどのように説明をしたのか、はたして正しい指導をしたのかどうか、記憶にはない。

私が子供の時分、東京の朝は物売りの声とともに明けた。

ナットー、ナット、ナットー。

アサリィー、シジミヨォー。

朝の食卓といえば判でついたように、炊きたてのごはんにアサリかシジミの味噌汁《おみおつけ》と沢庵漬《おこうこ》、チャブ台の真ん中には納豆をいくつもといたドンブリが鎮座していた。

納豆の作法は家ごとにオリジナリティーがあったと思うが、私の家では刻み葱に鰹節《かつおぶし》であった。早起きの祖父がまるでいっぱしの職人みたいに、背筋を伸ばして鰹節を削り、なぜか「こんちくしょう」と言いながら力まかせに納豆をといた。

糸が引けば引くほどおいしいから、まず渾身《こんしん》の力をこめて納豆だけをとき、しかるのちに醬油と葱と鰹節を加えるのである。

洋ガラシを入れたためしがなかったのは、誰も納豆をクサいとは思っていなかったからであろう。私はいまだに、「納豆がクサい」という意味がわからない。

また、私の家のルールであったかもしれないが、ドンブリの回る順番はゆるがせにできなかった。父、祖父、祖母、兄、私、と回って母が最後である。住み込みの番頭さんがいたときには、兄と私の間に彼らが序列に順って入った。つまり私は次男坊の冷や飯食いというやつで、母は使用人なみであった。

そのような毎朝の儀式を経て育った私にとって、納豆は神聖な食べ物なのである。今も毎朝、「こんちくしょう」と言いながら納豆をとくのだが、ひとり一個のパックになってしまったのでは、まさか食べる順番までは問えぬ。

その呪わしき発泡スチロール製の容器が登場したのは、一九六〇年代の前半であったかと思う。それ以前は多くが経木《きょうぎ》で三角形に包まれており、古風なものは藁苞《わらづと》であった。私の記憶にはないが、かつては量り売りであったらしい。

ところで、私が独善的に定義している納豆は、「糸引き納豆」のことである。精進料理を起源とする別物の納豆は、むしろ関西が本場なのであろうと思えば、九州出身の友人がその形状から甘納豆と混同したのも、「腐っている」と思ったのも、けだし当然であろう。

また、同じ「糸引き納豆」文化圏でも、東北や北海道の一部では砂糖を加える習慣があるらしい。今日一般的なパックに甘みのあるタレが付いているのは、おそらくそれに由来すると思われる。

ということは、私はパックを開けると同時に、反東京的なタレも、芳香の妨げとなる洋ガラシも破棄する。毎朝のことであるから腹も立つ。「大きなお世話」とはまさしくこのことである。

ついでにもうひとつ苦言を呈すれば、納豆の今日的な変容として、ほとんどが小粒になった。この小粒納豆が流通し始めたのは、発泡スチロール製の容器の登場と軌を一にしていたと思う。それまで納豆といえば、神田明神脇で売られているような大粒と決まっていた。

さて、これが私にとって悩みの種である。小粒納豆が主流となったのは、嗜好というよりもたぶん熟成に要する時間が節約されるからだと思うのであるが、当然の結果として同じ製造過程を経た大粒は未熟なのである。市販されている大粒納豆のうちで昔日と同様の熟成度を感じさせる製品には、めったに出会えなくなった。

納豆は大粒に限る。それも、ふんわりと熟成した、ベットベトの糸引きでなければならぬ。合理性や経済性を追求していけば、人間も納豆も小粒になるのである。しかも困ったことに、小粒は居心地がよい。

原稿を書いているうちに、ふと旧友の俤《おもかげ》が胸に甦った。

予備校生には友情を育む理由も暇もなく、受験の季節にかかるとポップコーンのようにはじけ飛んで、消息などたちまちわからなくなった。

彼が宿願の東大生になったかどうかも私は知らない。ただ、冀《ねが》わくは甘納豆ではなく、腐ってもいない納豆を毎朝食べていてほしいと思う。

抗菌作用があり、血糖値を下げ、血栓を溶かし、整腸効果も大きいというが、そんなことはどうでもよい。

私は納豆が好きだ。

御幣担ぎ

やれ縁起が悪いだの、験《げん》がよいだのと、いちいち気にする人を称して「御幣担《ごへいかつ》ぎ」と言う。

今やほとんど耳にすることもないが、なかなか奥床しく、美しい言葉である。御幣とは神の宿る依代《よりしろ》で、神前には必ず置かれている。白くて清らかなギザギザの紙が、棒や串の先端から垂れている祭具、とでも言えば知らぬ人はないであろう。つまり、何でもかでも御幣を担いで不吉を祓《はら》わねば気がすまぬ人を、「御幣担ぎ」と呼ぶ。

などと、すこぶる客観的に記述している通り、私はてんで御幣を担がぬ性分である。しばしば怪異譚を小説の材とするから、意外に思われる向きもあろうが、正体はあんがいのことにリアリストで、御幣を担ぐどころか、超常現象、占術、運命、あの世、UFO、霊魂の存在等々、要するに小説に書いているようなことはまったく信じていない。もっとも、信じていないからこそ怖がらずに書けるのであろうが。

ただし、神仏はあだやおろそかにはしない。これは母の実家が代々神職を務めているせいで、何かを願う恃《たの》むということはないが崇敬の念は抱いている。そう、実は神主の孫なのである。

さて、かような私にひとつの難事が降りかかったのは去る三月の初め、ところは神話のふるさと宮崎県延岡市であった。

日本ペンクラブ主催の「平和の日の集い」も三十二回を重ね、本年もまた千三百の座席がアッという間に埋まる大盛況となった。

恒例のプログラムとして、前日には記念植樹をし、レセプションを催していただいた。その宴席で、ご当地に伝承されている御神楽《おかぐら》を拝見する機会を得た。そもそも神楽は読んで字のごとく、神様に奉納する舞であるから、まことありがたかった。

私はけっして御幣担ぎではないのだが、神事に際しては背筋が伸びる。なおかつ興味をそそられる。おそらくは遺伝子の中に敬神の念が組みこまれているのであろう。

御神楽のあと、舞方が袴の腰にさしていた御幣をいただいた。これを贈られた人には幸運が訪れるという。いやはやありがたい。

御幣といえば、たいてい純白の紙垂《しで》であるが、これはだいぶ形状がちがっていた。長さ五十センチほどの青竹から、赤、白、緑、黄、紫の、五色の紙がわさわさと垂れ下がっている。御幣に対し奉り語弊もあろうが、要するにクリスマスカラーである。それもかなりビビッドな色で、ものすごくハデ。いただいたとたんから、何となく幸せな気分になった。

くどいようだが、私は御幣担ぎではない。しかるに父祖の服《まつろ》うた神をあだやおろそかにはできぬから、いただいた御幣をうやうやしく掲げてホテルの部屋に戻り、机上に立てて水と饅頭《まんじゆう》を供えた。

訪れる幸運とはどのようなものであろう。神がかりのような傑作を物にするのか。それとも手っとり早く、最新刊『獅子吼《ししく》』が百万部くらい売れちまうのか。いや、もしかしたら昨年購入したスクリーンヒーロー産駒が、来春の日本ダービーを制するというのはどうだ。

ともかく二礼二拍手一礼。こうして何だっていいふうにしか考えぬ私は、胸の中でシメシメと思いつつ眠りに落ちたのであった。


「平和の日の集い」は、四組八名の対談という形式である。

一組目は文壇の重鎮たる大先輩のお話を、舞台の袖で拝聴した。テーマは「子供」。両先生の語る二・二六事件の記憶や旧満洲における生活は、お話を聞くというより宝石を見るような気がした。

お二方はどうしたわけか、対談のテーブル上に御幣を置いていらした。昨夜の御神楽のあとで頂戴した、あの御幣である。そして四十五分間の対談ののち、それぞれを聴衆の方に手渡された。

なるほどさすがは、と思ったのであるが、私の内には「神がかりの傑作」だの「ベストセラー」だの「日本ダービー」だのという煩悩が渦巻いており、とうてい先輩方の真似はできなかった。

重ねて言うが、私はけっして御幣担ぎではない。努力によって結果が招来されるということは知っている。知っているのだけれど、ついに私がいただいた御幣は、舞台がはねるまで楽屋の窓辺に鎮座したままであった。

問題はそののちである。はたしてこの御幣を、どのようにして自宅まで持ち帰るか。いや、ご動座すべきか。

なにしろ長さ五十センチ余、五色の紙垂がたわわに溢《あふ》るる「みてぐら」である。たいそう目立つ。クリスマスの季節ならまだしも、梅は咲けども花はいまだしの、色に乏しいきょうこのごろ。そのうえテレビ出演等が仇《あだ》となり、けっこう面が割れている。

祖父や伯父は、御幣を頭上に捧げ持っていた。まあ、そこまでするわけにはいかぬが、お詫びしいしい息のかからぬ高さに掲げ続けるのが、せめてもの儀礼であろう。

だとすると、自宅までの道は遠い。延岡市の会場から宮崎空港までは、市役所のバスが送って下さるからよいとして、飛行機の中で御幣を捧げていたら、きっと気味悪がられる。ましてや、同行者たちと解散した羽田空港からはどうする。笑ってごまかすこともできなくなる。

少なくとも、モノレールや電車は避けたほうがよい。しかし長駆タクシーを飛ばすにしても、深夜の高速道路を走るさなか、ルームミラーに映る私の姿を見たら、ドライバーが運転を誤らぬとも限らぬ。

紙数の都合上、その後の経緯は割愛する。ともかくこの原稿を書いている書斎の神棚に、五色の御幣は鎮座ましましている。つまり、私の敬神の念もしくは強欲さが、他人の迷惑や羞恥心を凌《しの》いだ結果、ご動座は実行されたのであった。深夜に帰宅した瞬間、家人も猫どもも私を畏れて、しばらくは近寄ろうともしなかった。

それでも、私は御幣担ぎではないと思う。たぶん。


「神」という文字の偏《へん》は、贄《にえ》を置いた祭壇を表し、旁《つくり》の「申」は稲妻を象《かたど》るとされる。

地震や津波や、台風や火山の噴火や、その他もろもろの自然災害に見舞われてきた私たち日本人は、自然のすべてを「神」の一字にこめて畏怖してきたのである。よって日本の山河には、八百万《やおよろず》すなわち無数の神々が遍満している。

私たちの父祖にとって、祀《まつ》り鎮めるほかに手立てのない自然の脅威は、戦争や飢渇よりも切実な問題だったのであろう。

そう思えば私の内なる御幣担ぎも、日本人である限り今さら是非を論ずるものではあるまい。私たちの神は宗教ではなく、日本の風土そのものなのである。

流れる

その日は早朝五時にピタリと目覚めた。

寝起きがすこぶるよろしいのは加齢のせいではなく、若い時分からお天道様と一緒に行動する習性があるからである。

「まどろみ」という優雅な時間はかつて知らぬ。目覚めたとたんに、一日に一度だけ腹筋を活躍させて身を起こし、「よおっし！」と気合を入れて行動を開始する。いったい何が「よおっし！」なのかはわからぬのであるが、ともかく毎日がその一声で始まるのである。

折しも花は満開で、春風駘蕩《たいとう》たる朝であった。きょうは愛馬シベリウス号が福島競馬場の特別レースに出走するので、むろん私も遠征する。この日のために原稿およびゲラ校正はきっちりと終わらせ、残る仕事は「つばさよつばさ」すなわち本稿のみ。締切は本日であるが、まさか週末に入れねばならぬ道理もなく、要するに心残りは何もなかった。

午前六時、みずからハンドルを握って出発。新聞の予想欄によると、シベリウス号はまったく無印であるが、ポジティブな馬主の頭の中ではグリグリの◎なので、ウイナーズサークルにおける口取り写真に耐えうるよう、めいっぱいのおしゃれもした。

自宅を出てすぐに、「きょうは流れがいい」と気付いた。週末の早朝に道路がすいているのは当たり前だが、高速道路に乗るまで一度も赤信号にひっかからなかった。

かくして、郊外の自宅から東京駅地下駐車場までたった四十分で到着した。しかも十分後の新幹線がすんなりと取れた。朝食の駅弁を買い求め、座席についたところで発車。やはり流れがよい。

車中では精神を集中して予想をした。当日のＪＲＡ開催三場、すなわち臨場する福島競馬のほかに、中山と阪神まで全三十六レースの完全予想である。

はっきり言ってバカである。六十なかばのジジイが早朝から福島まで伸《の》して、三十六レースの馬券をすべて買おうというのだから。しかし、ふしぎなことにこのバカは負けないのである。収支明細はきちんと記録しているので、まちがいはない。

ちょうど全レースの予想をおえたところで福島駅に到着した。すばらしい流れのまま改札口を出ると、目の前に観光案内所があった。

福島市は花の名所であり、伝統の福島競馬は本日が初日である。宿など取れるはずはなかろうと思って日帰りを予定していたのだが、ダメモトで訊ねてみたところ、近在の飯坂温泉にジジイひとりを泊めてくれる奇特な旅館があった。

一体全体、何という日であろうか。宿の予約をすませ、翌日の新幹線のチケットもすんなりと買えた。駅頭のタクシー乗り場は長蛇の列かと思いきや、これもまたどうしたわけか待ち人がいなかった。

タクシーのドアが開いたとき、私の前に幸運の扉が次々と開いてゆくような気分になった。なにしろ早朝に目覚めてから、ただの一度も立ち止まらず、たった一分のロスタイムもなかったような気がしたのである。

ということは――きっとシベリウス号は無印のまま圧勝し、のみならず私の完全予想は次々と的中し、打ち続く出版不況などクソくらえのゴールドラッシュがやってくるのではあるまいか。

ちなみに、シベリウス号は短距離ダート戦を得意とするサウスヴィグラス産駒であり、その日に出走する芝コース二千メートル戦は、血統的に不向きである。これはたとえば、O・ヘンリーに長篇小説を書けと言っているようなものであるから、新聞に印が付かないのも当然なのであった。

さて、タクシーは市内の渋滞を避けて、抜け道をスルスルと競馬場に向かった。

思いがけずに早い到着であったから、指定席はゴール板前の五階最上段で、淹《い》れたてのコーヒーもたいそうおいしかった。

人生の運不運は信じない。それを言えば努力の価値がなくなるからである。

しかし一方で、順逆の理《ことわり》は常に頭に置いている。順風はチャンスであり、逆風と読めば身を慎む。

つまり本日の流れは、どう考えたって順風にちがいないのであるから、千載一遇のチャンスと見て思いっきり勝負に出ようではないか。

三十六レースの馬券をすべて買うというのは、なまなかな話ではない。なにしろ締切が十分ごとに訪れるのである。むろんその間に、テレビモニターでパドックの気配をチェックし、馬体重やオッズにも目を光らさねばならぬ。

馬券の種類は定めて馬単と三連単、要するにギャンブラーの鑑《かがみ》とでも言うべきハイリターン狙いで、それも横着なボックス馬券などは買わぬ。

依然として流れはよい。事前の完全予想が物を言って、サラサラと記入したマークシートと現金は、まったくとどまることなく自動券売機へと吸いこまれていった。

午前中のレース、すなわち三十六レース中の十二レースをおえたところで一息つき、ふと思い当たった。あまりにも流れがよすぎて、馬券がただの一枚も当たっていないことに気付いたのである。

しかし、いったん身を委ねた流れはとどまるところを知らず、とうとう資金が尽きて場外のATMを訪ねれば、ここも行列などなくてすんなりと大金が引き出せて、スタンドに戻ってみると次のレースの締切にはちゃんと間に合うという、怖いぐらいの流れのよさであった。

このようにして迎えた第十レース「ひめさゆり賞」の結果は、もはや書くまでもあるまい。スタートから好位を進んだシベリウス号は、第三コーナーからさらに脚を伸ばし、先頭を窺《うかが》うと見せて私を狂喜させたが、その直後いきなり失速し、まるで大団円で力尽きてしまった長篇小説のごとく、馬群に沈んだのであった。

ところが、相変わらず流れのよさだけは続くのである。

全レース終了後、シベリウス号を預託している調教師が、たまたま近くに宿を取っているというので、競馬場から旅館の玄関まで送って下さった。しかも繁忙期の当日予約とは思えぬほどの、立派な温泉宿であった。

独り旅の夜は長い。宵の口には外湯巡りをし、食事のあとには内湯を行きつ戻りつして、それでも流れのよさに本日の反省などは毛ばかりもなく、ふたたび翌日の全レースの完全予想をおえた。

むろん、翌《あく》る日曜が前日と同様の流れであったことは言うまでもない。

帰途の新幹線の中で悟った。

運不運を信じず、順逆の理を信ずることは誤りではないと思う。だが、順風の中には思いもよらぬ陥穽《かんせい》があり、逆風の中にこそチャンスがあるにちがいない。実に人生の妙である。

ところで、近ごろ野球賭博だの非合法カジノだので、あたら人生を棒に振るアスリートが多いが、これなどは順風の中の陥穽に嵌《は》まる人の好例と言えよう。世界に冠たるギャンブル大国にあって、金でケリのつかぬバクチに手を出すなど、愚かしいにもほどがある。

物を考えず流れに身を任せていれば、幸運も不運も、勝ちも負けもなく、最も大切な順逆の理を見失ってしまうのである。

獅子王　KABUKI LION in Las Vegas

ゴールデンウイーク最終日の五月五日、ラスベガスのマッカラン空港に降り立った。

こうした旅行日程は小説家の役得である。しかも編集者のみなさんはカレンダー通りに休みを取っているので、その間にせっせと原稿を書いて旅立ってしまえば、つごう二週間は顔を合わさずにすむ。

荷物は軽い。多年の経験によると、ベガスのこの時季はすでに夏であるし、ドレスコードのあるレストランもジャケットさえ着ていればいい。それでもカラッポのスーツケースを曳いて出かけるのは、一年中バーゲンセールのお買物天国だからである。

ところが、まったく思いがけぬことにラスベガスは冬であった。時ならぬ寒波が襲来して、あろうことか日中の気温が摂氏五度、モハヴェ砂漠の空を厚い雲が被いつくしているではないか。

そこでホテルに入るやいなや、何はともあれアウトレットに走って長袖シャツをゲット。ついでにあれもこれも欲しくなって、カジノの前に散財した。

寄る年波のせいか、このごろギャンブルについては慎重になった。しかしどうしたわけか、買物については軽率になった。

こんなもの着るはずねえよなあ、などとベッドの上に食えぬ獲物を並べて反省しているうちに、ふと思いついたことがあった。

ラスベガスに来た目的は、カジノでもショッピングでもないのである。

昨年の夏に『ベラージオ』の湖上で催された歌舞伎公演に興奮し、来年も必ず観るぞと誓った。その顚末は以前にも書いた覚えがある。

それはそれでよい。誓いを果たしてここにいる。しかし、もしや原稿の末尾に「その折にはぜひとも紋付袴で駆けつける」とか何とか、大見得を切りはしなかったか――。

さて、二日後の五月七日。チケットは千秋楽を取っていただいた。

午後十時の開演時刻は、ラスベガスでは珍しくもない。眠らぬ街の宵の口である。

演目は題して『KABUKI LION 獅子王』。ベガス屈指のメガリゾートである『MGMグランド』内の「デヴィッド・カッパーフィールドシアター」、つまりかの世界的マジシャンが定打ちをしている劇場が舞台となる。

「紋付袴で駆けつける」という約束は、きれいさっぱり失念していた。しかし、しばしば反省はしてもけっして後悔はせず、パンチを浴びても立ち直りの早いタイプの私は、そういう約束はなかったことにした。

悩んだところで仕方がない。まさか紋付袴の貸衣装があるはずもなく、スーツさえ持ってきてはいないのである。

当日、ラスベガスにはいきなり夏がきた。雲ひとつない青空が開け、気温は朝っぱらから三十度を超した。

滞在三日目ともなれば、気分はすっかりラスベガンである。プールで一泳ぎしてから、Tシャツにショートパンツ、ベースボールキャップにサングラスというラスベガン・スタイルでカジノに繰り出し、お前は誰だと自問するほどの馬鹿騒ぎの末に、きれいさっぱり自己喪失。ふと気付けば、『獅子王』の開演時刻が迫っていた。

MGMグランドのエントランスには、巨大な黄金のライオン像が立っている。映画のオープニングでもおなじみの通り、ライオンは同社のシンボルである。館内には「ライオン・ハビタット」と称するガラス張りの檻があって、二十四時間その生態を間近に見ることもできる。

なるほど、ここのシアターで『獅子王』とは、うまい趣向である。そういえば、『獅子吼』とかいうクソまじめな小説を書いた、日本の作家がいたっけ。

などと考えながら、シアターを探してスロットマシンの森をさまよっていると、着物姿の日本人が目に留まった。そのうしろ姿をたどって行けば、七代目市川染五郎丈の大看板の前に、開演を待つ客が犇めいていた。

女性客はみなさん艶《あで》やかな着物姿。男性客は紋付袴。しかし私は、Tシャツにショートパンツ。おまけにキャップとサンダル。

人生六十有余年、進退きわまる場面はいくたびもあったが、このときばかりはいっそライオンに食われて死んでしまいたかった。

立ちすくむ私に、何ごともなく声をかけて下さった松竹のご重役は、人格者であると思う。身なりなど見なかったことにし、あたかも私が約束通り紋付袴で駆けつけたとみなして、実に何ごともなく、舞台正面のボックス席に案内して下さったのであった。

熱演する染五郎丈との距離はわずか数メートル、さぞかし目障りであったと思われる。


すばらしい舞台であった。『石橋《しやっきょう》』をモチーフとした新作歌舞伎であるが、作中にはダイナミックな宙乗りや、絢爛《けんらん》たる太夫道中や、『連獅子』の踊りなどが巧みに織りこまれており、いわば歌舞伎の「おいしいところ」を贅沢に紹介した趣であった。

そもそも歌舞伎は偉大な大衆芸能である。オペラやミュージカルと同様に、世界規模の観客を獲得してもふしぎではない。そうした意味で『獅子王』の舞台は、歌舞伎という壮大なエンターテインメント世界の入口に、まことふさわしい出来ばえであったと思う。

私たちはなかなか気付かないのだが、日本の文化はすこぶる固有かつ多様である。すなわちガラパゴス的に文化が保存されている、稀有《けう》な国であると言えよう。

地理的条件と徳川時代の徹底した鎖国制度、加うるに宗教的束縛から免れたために、さまざまな文化がのびやかに育ち、かつ忠実に伝承されてきた。

しかし、そうした事情が理解できぬ外国人から見れば、やはり日本の文化はオリエンタリズムに集約されてしまう。欧米人の多くは、いまだに日本と中国の文化的イメージを混同している。

だからこそ、中世以来の日本文化と一線を画して、江戸時代に繁栄した歌舞伎を世界中の人々に観ていただきたいと思う。ありていに言うなら、歌舞伎は二百六十年にもわたって戦争をしなかった平和国家が磨き上げた芸術であり、その絢爛と情緒は、世界に類を見ない、大衆の幸福そのものだからである。

物心ついたころから、私をしばしば歌舞伎座に連れて行ってくれた祖母の人生は、けっして幸福なものではなかった。震災と戦災の二度にわたって、すべてを失った人であり、孫たちとは血縁もなかった。

そんな祖母が、学校を休ませてまで私を芝居見物に連れて行ったのは、まことに理に適っていたと思える。歌舞伎という目に見える幸福を、孫に分かち与えたのである。

歌舞伎ならではの、あの舞台と客席を一体にくるみこむ幸福感の正体は、そうしたものであろう。

来年はぜひとも『勧進帳』を観たい。今度こそ紋付袴で、「高麗屋！」と声を掛けたいから。

○か×か

六月中旬、取材のために渡英した。

イギリスという国は、私の小説といかにも無縁のように思えるであろうが、まさか取材にかこつけて観光旅行をしたわけではない。

近代史のキーパーソン、張学良の足跡をたどる旅である。二十年前に『蒼穹の昴』から始まった長い物語は現在も進行中で、蒋介石に軍権を譲った張学良が、なかば亡命とも、あるいは貴種流離譚とも思える旅に出る、という段にかかった。時は一九三三年、世界は第二次大戦に向かって、不可逆的な傾斜を始めていた。

中国東北部は、もともと辛亥革命によって清国の版図を引き継いだ中華民国の領土にはちがいないが、事実上はそっくりそのまま、父親の張作霖が築いた「独立国家」であった。

満洲事変によって張学良が故地を追われたあと、間髪を容《い》れず中国の四分の一を占める満洲国が出現した。つまり、張学良は父の遺産である領土を、満洲国に乗っ取られたのである。

事変に際して、ほとんど日本軍と交戦せずに兵を引いた張学良は、「不抵抗将軍」の汚名をきせられた。彼の率いる東北軍は近代装備を誇る強大な陸軍のほかに、国民政府軍にはない空海軍も持っていたのであるから、国民の非難を浴びるのも当然であったろう。

このあたりの歴史はいまだ定まらぬ。しかし、ごくふつうに考えれば、その時点で不抵抗の意志を固めたのは張学良ではなく、蔣介石だったのではあるまいか。東北政権はすでに、国民政府に服《まつろ》う「易幟《えきし》」を断行していたので、張学良にとっての蔣介石は、いわばただひとりの上官であった。

のちの西安事件で明らかになる通り、張学良は今や共産軍と戦っている場合ではなく、国共合作して日本に対抗すべしと考えていた。ましてや日本は、父を謀殺した仇敵であり、東北軍は日本の関東軍の戦力を、実は遥かに凌いでいた。

事変における関東軍の作戦行動はあまりにも強引で、発端となった柳条湖事件そのものよりも、むしろそののちの戦闘経過に謎が多い。東北軍は抵抗せず、という前提のもとにことを運んだとしか思えないのである。

国民政府は戦わずに東北を放棄する、という確証がなければ、一個師団を基幹とするわずかな兵力で、三十万余の東北軍を敵に回すことはできまい。

このように考えると、合理的な結論はただひとつである。東北を放棄するという密約が、日本政府もしくは日本軍と、蔣介石の間でかわされていた。張学良はただひとりの上官の命令に忠実だった。

それからの彼は阿片に溺れ、廃人同様の有様になった。映画スターそこのけの美男子が見る影もなく衰弱してゆく様子は、数多く残る写真からも明らかである。

一九三三年四月、東北軍を譲り渡して下野し、ヨーロッパへと旅立った第一の理由は、阿片を抜くためであったと伝えられる。時に三十二歳であった。

世界のメディアは当初、亡命ではないかと疑った。貴種流離譚とするのは、後世の小説家のわがままである。ではいったい、この悲劇的状況をどう説明すればよいのであろう。

『春秋左氏伝』に曰く、天子塵《ちり》を于外《うがい》に蒙《こうむ》る、敢《あ》えて奔《はし》りて官守に問わざらんや、と。

東北の皇帝にちがいなかった張学良は、まさしく塵埃《じんあい》にまみれて後先かまわず、国を捨てたのだった。

失意の張学良が腰を落ち着けたブライトンは、ロンドンの南五十マイルにある。

イギリス海峡に面した景勝の地であり、東京から見た湘南《しょうなん》というところであろうか。

たとえば、イギリスに遊んだ日本の貴顕たちが、こぞって大磯に居を構えたといえば、あれこれ説明するよりもわかりやすい。ちなみにブライトンとポーツマス軍港の位置関係は、大磯と横須賀のそれに似ている。

さて、私がブライトンに入った翌日、イギリスにとって運命の一日とも言える国民投票が行われた。EUを離脱するか、残留するかを国民が決めるのである。

旅をする機会がいかに多くとも、なかなかこうした歴史的瞬間に立ち会えるものではない。歴史探訪の旅先で、後世歴史に残る出来事を目撃してしまった。

結果はご存じの通りである。一夜明けたブライトンの街は、肌で感じるほどどよめいていた。侃々諤々《かんかんがくがく》たる英語の議論などさっぱりわからん私でも、たしかに「肌で感じるほど」であった。

どうやら勝った負けたの話ではない。離脱派にとっても残留派にとっても、結果は意外だったのである。まことに妙な光景なのだが、きのうまで意見を異にしていた人々が、急に親和して「マジかよ」と驚いているふうであった。

そこで取材をいったん中断し、同行の編集者たちとこの異常な事態の分析をした。むろん結果が異常なのではない。結果を知ったイギリス国民の反応が、異常に思えたのである。

今回のように複雑な要素を含む問題は、選挙とちがって○か×かでは決められないのだと知った。つまり多くの国民は明確に○か×を支持しているわけではなく、「どちらかといえば」だの「条件付きで」と考えながら投票しているはずであるから、どのような結果が出ても粛々と順う気にはなれぬ。事後の不満と混乱は必至なのである。

こうした事態を避けるためには、およそ考えつく限りの結果を何十通り何百通りも列挙して、国民それぞれに選択させる方法しかないと思うが、まず現実的ではあるまい。

そのように考えると、はたして○×の国民投票が民主主義の原理に合致するのかどうかという疑問が生ずる。それは国民によって選ばれた議会の権威を損なうかもしれぬし、あるいは時代の空気によって、国民が議決を追認し続けるという危険をも孕《はら》む。

たとえば八十数年前に、陸軍が主導した大陸政策を国民投票にかければ、ことごとく○という結論を見たはずである。「どちらかといえば」「条件付きで」「よくわからないけど」「現状打破」などといった多様な意見は、ほとんど○に集約され、国民の総意とみなされたであろう。

世の中はすっかりデジタル化されて、国民の意思を迅速正確に処理できるようになった。しかし多くの問題は○か×かできっぱりと切り分けられようはずもなく、まかりまちがえば近代国家が営々と築き上げてきた議会制民主主義を、根底から揺るがしかねない。

少なくとも、できるようになったからやってもよいというのは、進歩ではなく退行である。

初めてのキャッチボール

怠惰な夏休みの午後であったと思う。

氷川神社の森は蟬《せみ》の声に満ちており、あたりに人影はなかった。裏通りを隔てた向こう側は國學院《こくがくいん》大學で、渋谷駅から近いにもかかわらず緑の厚い場所であった。

子供らは塾に通って成績を競う必要もなく、親もそうそう構ってはくれぬ、今から思えばまことに健全な時代の話である。

私と兄は木立ちの中でキャッチボールを始めた。たがいに私立の中学校と小学校に通っていたので、近所に友人はいなかった。閑暇を持て余した兄弟の遊びといえば、まずそれである。

しばらくボールを投げ合っているうち、木の間《こま》隠《がく》れに私たちを見つめる視線に気付いた。粗末な身なりをした大柄の男で、初めは遠くからおずおずと見守っていたのだが、少しずつこちらに近寄ってくるのである。

いかにも怪しい人物であった。折しも少年を狙った誘拐事件などが起きており、見知らぬ大人に声をかけられても受け応えせぬよう、学校からも注意を促されていた。

男は木立ちを伝うように近付いてくる。兄も気付いて私に目配せを送った。しかし男が何をするわけでもないから、逃げ出すわけにもいかなかった。私たちは知らん顔をしてキャッチボールを続けた。

顔などは記憶にないが、ともかく大きな男で、汚れた白いシャツをぞろりと着ており、裸足に駒下駄をつっかけていた。男はとうとう私と兄のすぐそばまで迫って、ボールの行方を目で追い始めた。今の子供ならばさしずめ、「何ですか」と問い質すのであろうが、あのころの私たちは腕白なわりには大人に対して謙虚で、いわば子供としての分《ぶ》を弁えていた。だから気味が悪いとは思っても、黙ってボールを投げ続けた。

ずいぶん長いことそうしたあと、男はふいに、「僕にもやらせてくれ」というようなことを言った。あえて拒む理由もないので、私はグローブを手渡した。

そのとき男が、妙なことを言ったのである。

自分はモンゴル人で、そこの國學院大學に留学している。生まれて初めてボールを投げるのでうまくできないかもしれないけど、と。

顔立ちはどう見ても日本人だし、日本語もすこぶる流暢であったから、むろん嘘だと思った。だが、どうしてそんな途方もない嘘をつくのかがわからなかった。

男はグローブをはめると嬉しそうに笑った。いかにも珍しいものをようやく手にしたというふうだった。

兄の投げたボールを、男はグローブで受けるどころか頓狂な声を上げてよけてしまった。私は転げてゆくボールを追って走った。

おそらく兄は、わけのわからぬ嘘に腹を立てたのだろう。中学では野球部員だったから、私には手かげんをして投げていたのである。男は怒りのこもった速球からとっさに身を躱《かわ》したのだった。

そのときの男のうろたえぶりは、芝居にしてはあまりに堂に入っていた。そこで私は、嘘をついているのではないのかもしれないと思った。

「ありがとうございます」

男は失態をていねいに詫びてから、私の拾ってきたボールを受け取った。そしてもういちど、初めてだからうまくできない、というようなことを言った。

男がボールを投げた。まず軟球をためつすがめつ眺め、大きな手で鷲摑《わしづか》みにして力いっぱい投げたから、足元でバウンドして見当ちがいの方向に飛んで行った。兄はびっくりしてボールを追いかけた。

「ごめんなさい」

そう叫んだなり、男はしょげかえってしまった。「ごめんなさい」とくり返しながらはずしかけたグローブを、私は押し戻した。

男が勉強をするために日本にやってきて、友人もできぬまま少年たちのキャッチボールに興味を持ち、おずおずと申し出た、という経緯がわかったからだった。だにしても、日本人とどこも変わらぬ顔立ちも、ていねいすぎるぐらい正確な日本語も、私にはふしぎでならなかった。

兄もさまざま考えたのであろう、二球目は空に放るようにゆっくりとボールを投げた。男はそれすらも受けることができず、かろうじてグローブに当てただけだった。

今の子供らは世界の概要を知っている。だが東京オリンピック前のあのころは、海外旅行など夢物語で、外国は異界でしかなかった。世界は教室の壁に貼られた地図や、地球儀を回して眺める抽象だった。つまりあのモンゴル人の青年は、私が初めて接触した外国人だったのである。

それから兄と私は、まるで幼児を相手にするようにして、彼にキャッチボールを教えた。木洩れ陽が夕まぐれに霞《かす》むころには、どうにか格好がついた。

「ありがとうございました」

グローブを返すとき、彼はていねいすぎておかしいぐらいの日本語でそう言い、不器用なしぐさで頭を下げた。

そののち神社の森にはたびたび行ったのだが、彼が私たちの前に現れることはなかった。名前も聞かなかったけれど、嘘はひとつもなかったと思う。

忘れ去っていたこのささやかな記憶を甦らせたのは、昨今角界を賑わせているモンゴル人力士であった。

私はかの国の言葉をまるで知らないが、言語としての類似性でもあるのだろうか、力士たちはみな驚くほど正確な日本語を使う。そして礼儀正しい。マイクを向けられたときの挙措《きょそ》や受け応えは、むしろわれわれ日本人の手本となるほどである。

そんな力士たちをテレビ中継で見ているうちに、ふとあのモンゴル人留学生のことを思い出したのであった。

昭和三十七年か八年の夏である。オリンピック景気に沸き返る日本にやってきた、留学生の嚆矢であったにちがいない。子供の目から見ても粗末だった身なりからすると、切りつめた暮らしをしていたのであろう。私が何よりも怪しんだ駒下駄は、寄宿先からの借り物だったのかもしれない。

年齢はいくつだったのだろうか。國學院大學でどのような学問を修め、あれからの半世紀をどう過ごしたのだろうと考える。美しい日本語を母国の学生たちに教え、もしやそうとは気付かずに、私の小説を読んでいるのではなかろうか、などと夢想する。

いや、ならばもしかしたら、私の書庫の中には、そうとは気付かずに読んだ彼の著作があるかもしれない。だとすると、夢のようなキャッチボールである。

別れのときの謝辞に対して、私はきちんと言葉を返しただろうかと考えた。たぶん面映ゆくて、逃げるように立ち去ったと思う。あるいはあのころの私たちは、「ありがとうございます」という母国語の、利得などではない正しい使い方を、すでに忘れてしまっていたのではあるまいか。

あとがき

ひきこもり

二〇二〇年五月、コロナ禍の書斎でこの原稿を書いている。

世間様には申しわけない気もするが、小説家はひごろからひきこもり生活を送っているので、特段の支障はなく、退屈もしない。むしろ生産性は質量ともに向上していると言える。

しかし、こうした状況下にあっても、いつも通りに締切はやってくるのである。テレワーク中の編集者から、催促の連絡も入る。

かくして文庫版つばさよつばさ4『竜宮城と七夕さま』のゲラ校正を常にもまして丹念におえ、既刊三巻と同様に「あとがき」を書く次第となった。

ご存じの通りこのシリーズは、航空会社の機内誌に掲載されたエッセイをまとめたものである。よってテーマは「旅」である。

しかし当然のことながら、昨二〇一九年十二月に取材のため中国を訪ねて以来、旅に出ていない。かれこれ五カ月にわたって、航空機にも新幹線にも乗っていないというのは、少なくとも大人になってからは経験がなく、またこの記録はどこまで伸びるのかわからぬ。

まあ、本稿も連載十七年二百回超、このご時世では航空会社も大変であろうから、ここいらが汐時かと思ったが、あんがいのことにそうした話はない。また、当方は一年のうち八カ月を書斎で過ごし、四カ月は旅に出ているというヘビー・トラベラーであるからして、旅ネタに不自由することもない。

かくして、ひきこもったまま旅行エッセイは続くのである。


怪談めいた小説を好んで書くわりには、怪力乱神の類を信じぬたちである。だからこそ怖がらずに書ける、と言うべきか。

しかし、運というものは信じている。人生には不可知のバイオリズムがあって、不運なときには何をやってもだめ、好運に恵まれれば流るるがごとくに、何だってうまく運ぶ。すなわち、そのバイオリズムを冷静に判断して、みずからを処さねばならぬのであるが、わかりきったこととは言え簡単ではない。運命はあくまでも不可知だからである。

どうやらこのコロナ災厄下の私は、よほどの好運期にめぐり合わせていたらしい。西安と北京に七日間滞在し、テレビ番組の収録と次回作の取材をすませたのは、十二月のなかばであった。ぎりぎり、セーフ。

帰国後は十一月刊行の『大名倒産』のサイン会、販促等をつつがなくこなし、いやはや働きづめに働いて『流人道中記』の上梓が三月はじめ。もう、ぎっりぎりの滑り込みセーフ。しかしさすがに、こちらのサイン会、販促はことごとく中止になった。

思えば、上下巻の長篇小説を中二カ月で出版するなどというのは暴挙にちがいないのであるが、まさか新型コロナの蔓延《まんえん》を予測したはずもなく、流れに任せていたらそういう話になっちまったのであった。

ところが、豈《あに》図らんや両作品ともによく売れているのである。もしやステイホームのつれづれには、上下巻の長篇時代小説はもってこいなのであろうか。むろん作者にとって、こうした時節にいくらかでも娯楽をお届けできたことは喜ばしい。

小説家は小説を書くことのみが本分であると知った。これまでの作家生活に、どれほど余分が多かったかを思い知ったのである。

よって本書のゲラ校正も丹念におえ、ひきこもったまま「あとがき」も書きおえた。ではこれより、閑暇に安住することなく次回作の執筆にかかる。運命は不可知だが、けっして神の定めたところではないと信じて。

浅田　次郎

本書は、二〇二〇年六月、小学館文庫として刊行されました。

単行本　二〇一七年六月　小学館刊

初出　ＪＡＬ機内誌「ＳＫＹＷＡＲＤ」
二〇一三年七月号～二〇一六年一一月号

浅田次郎の本

天切り松　闇がたり
第一巻　闇の花道

冬の留置場で、その老人は不思議な声音で遥かな昔を語り始めた……。時は大正ロマンの時代。帝都に名を馳せた義賊がいた。粋でいなせな怪盗たちの物語。傑作シリーズ第一弾。

天切り松　闇がたり
第二巻　残俠

ある日、安吉一家に現れた時代がかった老俠客。幕末から生き延びた清水一家の小政だというのだが……。表題作「残俠」など、帝都の闇を駆ける義賊一家のピカレスクロマン第二弾。

集英社文庫

浅田次郎の本

天切り松　闇がたり
第三巻　初湯千両

シベリア出兵で戦死した兵士の遺族を助ける説教寅の心意気を描く表題作ほか、時代のうねりに翻弄される庶民に味方する、目細の安吉一家の大活躍全六編。痛快人情シリーズ第三弾。

天切り松　闇がたり
第四巻　昭和俠盗伝

今宵、天切り松が語りまするは、昭和初期の帝都東京、近づく戦争のきな臭さの中でモボ・モガが闊歩する時代。巨悪に挑む青年期の松蔵と一家の活躍を描く五編。傑作シリーズ第四弾。

浅田次郎の本

天切り松　闇がたり
第五巻　ライムライト

昭和七年五月、チャップリン来日に沸くなか、安吉一家の耳に彼を暗殺するという噂が舞い込んだ。稀代の芸術家を守ろうと奔走する表題作ほか全六編。ますます目が離せない第五弾。

王妃の館（上・下）

百五十万円の贅沢三昧ツアーと、十九万八千円の格安ツアー。対照的な二つのツアー客を、パリの超高級ホテルに同宿させる!?　倒産寸前の旅行会社が企てたツアーのゆくえは……。

浅田次郎の本

鉄道員（ぽっぽや）

娘を亡くした日も、妻を亡くした日も、男は駅に立ち続けた――。心を揺さぶる〝やさしい奇蹟〟の物語。表題作をはじめ、八編収録。第百十七回直木賞受賞作。

帰郷

帰還兵、職工、父を亡くした息子……戦争に巻き込まれた市井の人々により語られる戦中、そして戦後。戦争文学を次の世代につなぐ記念碑的小説集。第四十三回大佛次郎賞受賞作。

集英社文庫

浅田次郎の本

終わらざる夏（上・中・下）

昭和二十年夏、突然の召集により三人の男が北千島の戦地へと向かった。——終戦直後に起きた〝知られざる戦い〟を描く、戦争文学の新たなる金字塔。第六十四回毎日出版文化賞受賞作。

椿山課長の七日間

大手デパートに勤める椿山課長は、気付けばあの世の入り口にいた。かけられた生前の邪淫の嫌疑を晴らし、やり残した想いを果たすため、椿山は姿を変えて再び現世に舞い戻る。

浅田次郎の本

オー・マイ・ガアッ！

くすぶり人生に一発逆転、史上最高額のジャックポットを叩き出せ！　ワケありの三人が一台のスロットマシンの前で巡り会って、さあ大変。笑いと涙の傑作エンタテインメント。

つばさよつばさ

〝旅先作家こそ、小説家の究極の姿〟と語る著者は、今日もまた旅に出る。迫り来るは旅情か睡魔か締め切りか!?　ＪＡＬ機内誌に連載された、旅のスペシャリストによる抱腹絶倒のエッセイ。

短編宝箱

集英社文庫編集部 編

朝井 リョウ
浅田 次郎
伊坂 幸太郎
荻原 浩
奥田 英朗
西條 奈加
桜木 紫乃
島本 理生
東野 圭吾
道尾 秀介
米澤 穂信

2010年代の「小説すばる」に掲載された作品から厳選。
人気作家たちが紡ぐ宝物のような11編で、
最高の読書時間を！

集英社文庫

竜宮城《りゅうぐうじょう》と七夕《たなばた》さま

2023年6月25日　第1刷　　定価はカバーに表示してあります。

著　者　浅田次郎《あさだじろう》
発行者　樋口尚也
発行所　株式会社　集英社
東京都千代田区一ツ橋2-5-10　〒101-8050
電話　【編集部】03-3230-6095
【読者係】03-3230-6080
【販売部】03-3230-6393（書店専用）
印　刷　大日本印刷株式会社
製　本　ナショナル製本協同組合

フォーマットデザイン　アリヤマデザインストア　　マークデザイン　居山浩二

ISBN978-4-08-744538-1 C0195